小学館文庫

クビになった宮廷魔道士は、独立起業で幸せになります！

氷川一歩

小学館

CONTENTS

第一話

魔導書バルカン

「ルミナくん、君は今日限りでクビだ」

宮廷魔道士団の執務室に呼び出され、師団長のコルドバの言葉にルミナはひくっと頬を引きつらせた。

(来《きた》るべき時がきた……)

前々から、クビになってしまいそうな予兆はあった。いつかそんな風に宣告されるだろうという覚悟は、少なからず持っていた。

けれど、査定があったわけでも個人的な重大ミスを犯したわけでもない。

それなのに「今日限りでクビ」というのは、真っ当な組織として如何《いかが》なものか。

「い、いくらなんでも今日でクビというのはっ！　おっ、横暴なんじゃないでしょうか！」

だからルミナは、勇気を振り絞って反論の声を上げた。今まで宮廷魔道士の長《おさ》に言い返すことなど一度もなかったからブルブルと声も震えているが、それでも言い返さずにはいられなかった。

「辞めさせるにしても、数日の猶予はあってしかるべきだと、私は思います！」

「猶予は十分与えていただろう」

必死に絞り出したルミナの言葉は、コルドバからの重厚な一言で切って捨てられてしまった。

「ルミナ・シンフォニアくん。君は宮廷魔道士の仕事がなんなのか、ちゃんと理解しているかね？」

「有事の際には魔法を行使し国家と民を守り、平時には国力向上のために役立つ魔道具を開発すること……です」

圧のあるコルドバの問いに、ルミナは反射的に答えた。入団するとき、最初に叩《たた》き込まれる教えなので、ちゃんと覚えている。

「よろしい。それで今は、有事かね？」

「いえ……違います」

「ならば今の我々は、国益にかなう魔道具を開発することが優先すべき仕事だと言えるな？　では聞こう。君は宮廷魔道士となって四年になるが、今この瞬間まで、何か一つでも国益にかなう魔道具を作り出したかね？」

「いっ、いやでも、それは――」

「何かね？」

ギロッと睨《にら》まれて、ルミナは反論の言葉を飲み込んだ。

言いたかったのは、新しい魔道具を開発しようにも雑務が多すぎて手が回らなかったことだ。

上官から報告書や新規魔道具の仕様についての書類作成を頼まれ、必要な素材の発注を冒険者ギルドに問い合わせ、経理部との試作品製作に関する予算の折衝をしたりなんだりと、一日が二十四時間では足りないくらいにやることがあった。

とはいえ、ルミナ自身にも魔道具開発があまり得意ではないという負い目もある。

雑務で忙しいから――という理由を言い訳に、積極的に魔道具開発に取り組んでいたかと問われても、首を縦に振るのは難しい。

だからこそ、反論の言葉が上手《うま》く出てこなかった。

そんなルミナの様子にコルドバはため息を吐《つ》いた。

「話は以上だ。今日中に荷物をまとめて出て行きたまえ」

コルドバの宣告に、今度は何も言い返せないルミナだった。

＊　＊　＊

ルミナ・シンフォニアは、オルタナ王国の南西に位置するカナル村で生まれた。

何もない小さな村だ。

村民は農業や林業などで生計を立てているような、のどかな村である。

そんな村で生まれたルミナは、村一番の才女と呼ばれていた。保有する魔力量が常人の倍以上、下手をすれば十倍にもなるほど多かったからだ。

そんなルミナの才能を伸ばそうと、両親は王都の魔法学校へ進学させた——が、そこでルミナは気づいたのである。

自分が井の中の蛙《かわず》だったということに。

確かにルミナは、魔力保有量で言えば人より抜きん出ていた。

けれど、魔法学校で習得できた魔法は、精霊の存在をより明確に感じ取れる精霊魔法だけだった。

精霊魔法と聞けば、精霊の力を借りて強力な魔法が使えると思うかもしれない。

しかし、実際は違う。

精霊というのは、基本的に人間の言いなりになることはない。そもそも精霊に人間の言葉は通じないし、隷属させることも不可能と言われている。

何より、精霊は積極的な攻撃性を持ち合わせていないのだ。

いわゆる攻撃魔法と同じようなことをさせようとしても、精霊そのものに危険が及ばなければ、積極的な攻撃をしてくれない。術者が危険な目に遭っても、精霊が都合良く助けてくれるなんてこともあり得ない。

はっきり言って、精霊魔法が使えるということで得られる利点は、皆無に等しい。ない、と断言してもいいだろう。

だから、魔法が扱える者は精霊魔法に興味を持たない。習得しようとも思わない。基礎知識として精霊のことを覚えているくらいが関の山だ。

けれどルミナの場合は、他の魔法はからきしで、精霊魔法だけが上手く扱えた。どんな精霊でも呼べば現れてくれる。

ただ、現れたからといって何かしてくれるわけでもない。身を守ってもらうとか、敵を攻撃してもらうとか、通常魔法と同じようなことができるわけではなかった。

では、他の魔法はというと……ダメだった。

火球や氷槍《ひょうそう》など、それらしい攻撃魔法は上手く発動しない。空を飛ぶとか水の上を歩くといった魔法も不安定だ。かろうじて使えるのは、体を清めたりする生活魔法だろうか。

正直、ルミナは魔道士としては二流以下、それこそ〝落ちこぼれ〟と称しても間違いない腕前でしかなかったのだ。

その事実に気づいたルミナは、このまま魔道士として生きていくのは無理かもしれないと悟った。村に帰って、父母と同じように農作業で生計を立て、のどかに暮らしていくのが向いているのだろうとも思った。

だが、現実がそれを許さなかった。

帰ろうと思った故郷のカナル村で、疫病が蔓延《まんえん》したのだ。

村への立ち入りは禁止され、治癒術士以外は近づくことさえ許されない。故郷の父母と連絡を取ろうにも、手紙さえ送れなかった。

しばらくして、治癒術士の懸命な治療のおかげで疫病は収束した。

けれど、まったく被害を出さずに収束したわけではない。

三割ほどの村人が犠牲となってしまったのだ。

さらに不運なことに、その犠牲者の中にはルミナの両親も含まれていた。

両親を失ったルミナは、それはそれは大きなショックを受けた。一時は立ち直れないんじゃないかと思うほど落ち込んだ。

けれど、どれだけ悲しみに暮れようとも生きているなら腹が減る。王都では住む場所にも維持費がかかる。

生活費を稼がなければならなかった。

父母が病死したタイミングで村に戻ることも考えたが、特に何も無い村で一人生きていくのは怖かった。

それに、ここで村に戻ってしまっては、わざわざ王都の魔法学校に通わせてくれた父母の思いを、なかったことにしてしまうんじゃないかとも考えた。

それは嫌だなと思ったルミナは、王都で生きていくことを選んだのである。

そしてルミナが潜り込めた職業が、なんの間違いか、宮廷魔道士だった。

ルミナ自身も、どうして自分が宮廷魔道士になれたのかまったくわからない。常人より多い魔力量に注目されたのだろうと今になって思うが、真相は闇の中だ。

ともかく、事実としてルミナは宮廷魔道士に採用されたのだから、辞退するなんてもったいない。何より、職を選んでいられる状況でもなかった。

故にルミナは、不相応かもしれないと自覚しつつも、王都で宮廷魔道士として働くことになった……の、だが。

「はぁ～……クビになっちゃった……」

ガタゴトと揺れる乗合馬車に乗って、ルミナは空を仰いでため息交じりに呟《つぶや》いた。

実感がない――とは言わない。

ルミナ自身は、なるべくしてなったという気持ちだ。

けれど、宣告した当日に寄宿舎から追い出すのは、いささか横暴が過ぎるというものではないだろうか。せめて数日の猶予があってしかるべきだ。

落ち込んでいたけれど、なんだかちょっと怒りが湧いてきた。

「いつもいっつも、コルドバ師団長はムチャクチャなのよ。傍若無人もいいとこだわ。いくらクビだからって、今まで住んでたところから一日で退去しろだなんて、あり得ない！」

他に乗客がいないのをいいことに、今までの鬱憤もあったのだろう、ルミナの口から元上司の愚痴が怒り任せに溢《あふ》れ出した。

「……噂《うわさ》で聞いてた話も、あながちウソじゃないのかしら……？」

そうして思い出したのが、コルドバの〝黒い噂〟だ。

曰《いわ》く、宮廷魔道士を束ねる師団長のコルドバ・ギュスコーは、他団員の魔道具のアイデアを盗んでいる――。

本当かどうかはわからない。

ただ、他の団員が開発研究していた魔道具と似たようなものを先んじて発表し、採用されるようなことが幾度となく起きていたようだ。

もっとも、魔道具開発には長い歴史があり、現代で新たに開発される魔道具は、どうしたって過去作品をより良くした改良品になることが多い。誰も見たことのない画期的な魔道具なんて、そうそう誕生しないのが実情だ。

だから新規魔道具開発は、早い者勝ちなところがある。

そして、コルドバは宮廷魔道士として、師団長の名に恥じない魔法技術の持ち主だ。同じようなアイデアを同時期に思いついたのなら、先に完成させられるのはコルドバになるのは当然だろう。

そんな理由もあって、黒い噂は公には否定されている。

それでも完全に払拭されていないところに、コルドバの人望がどれほどのものなのかが窺《うかが》えるというものだ。

「……はぁ～……」

ルミナは胸の奥に溜《た》まった澱《おり》のような気持ちを、深いため息と一緒に吐き出した。

落ち込んでから怒るという感情の乱高下が過ぎ去ると、今度は急に冷静になった。

考えるべきことは、クビになったことや横暴な元上司のことではない。

これから先の生活をどうすべきか？

その一点に他ならない。

今、ルミナの手持ちは、金貨一枚、銀貨四枚、銅貨六枚、鉄貨八枚である。価値としては金貨が一番上で、下位の貨幣十枚と等価だ。

つまり、銀貨十枚で金貨一枚と同じ価値、ということになる。

王都の生活では、一ヶ月だいたい金貨四枚で過不足なく生活できる――といった感じだろうか。

そんな財布事情から、宮廷魔道士をクビになった今、もはや王都で生活を続けるのは無理である。おまけに、勤め先の判断でクビにされてしまったので、退職金みたいなものはない。

クビになる前に自主退職していれば違ったのだが、自身の決断力のなさに足を引っ張られた形だ。

こうなると、ルミナが取れる選択肢は少ない。少ないというか、本人にしてみれば一つしかなかった。

「故郷のカナル村に帰ろう……」

今さらと思うかもしれない。

けれど、王都で仕事をクビになり、生活を続けていくこともままならない今、それでもルミナに行けるところがあるとすれば、それは生まれ故郷しか考えつかなかったのだ。

「……家、どうなってるかなぁ……」

一抹の不安を覚えたルミナを乗せて、乗合馬車はゆっくり進んでいった。

＊　＊　＊

そしてルミナは、そこそこ多くの荷物を一人で抱えながら街道を歩くことになっていた。

「ま……まさか、乗合馬車が村まで通ってないなんて……」

完全に誤算だった。

王都で生活していると、交通網は王都内はもちろん、各都市とも繫《つな》がっていたので都市から村にも繫がっていると思っていた。

だが、地方に行けば行くほどそうでもないらしい。

特に小さな村だと週に一本、それも行商の荷馬車に同行させてもらう形が、交通手段としてはいまだ主流のようだ。

カナル村もご多分に漏れず、そんな〝週に一本の村〟だった。さらに間の悪いことに、その週一の行商も昨日出たばかりだという。

翌週まで街に滞在する金銭的余裕がないルミナは、かくして村まで歩くことを選択した……の、だが――。

「大丈夫かな、これ……」

ルミナはちょっと、自分の行動に後悔の念を感じ始めていた。

王都や街の中を移動するならいざ知らず、都市と都市、都市から村へ通じる街道は、かなり治安が悪い。

どれだけ治安が悪いのかと言えば、野盗が出るのはもちろん、ダンジョンから溢れ出た魔獣が当たり前のように現れることがある。もっとも、カナル村の近くにはダンジョンなんてなかったはずだから、魔獣の類いが出てくる可能性は極めて低い。

何より、善良な国民の命を脅かすような脅威は王国の憲兵が対処してくれている。

ただ、国の憲兵も国土の全域をくまなくカバーしているわけではない。基本的には自衛することを推奨している。

例えば、自前で傭兵《ようへい》や冒険者を雇う――というように。

もちろん、腕に自信があるなら、野盗だろうが魔獣だろうが、襲われても自力で退けられるだろう。

けれどルミナには、そんな自信など微塵《みじん》もなかった。

確かに宮廷魔道士だったが、実戦経験など皆無である。それこそ昨今は平和で、実技演習のような機会は全然なかった。あったらあったで、ルミナの魔法技術の腕前ではクビになるのがさらに早まっていたかもしれない。

それでも、いちおう戦闘向きの魔法も覚えているが、実戦レベルに至っていない。

もし、野盗なり魔獣なりに襲われでもしたらお手上げだ。

そんな不安要素に気づいたのは、カナル村まで残り半分くらいの距離を進んでからだった。街を出た時は、所持金の少なさにしか目がいっていなかったのである。

ただ、村までの街道は背の高い木もない平地で、野盗や魔獣が隠れる場所もない。

突然襲われる――なんてことは、ないはずだ。

そう思っていた。

「……へ？」

急に、空が暗くなった。

太陽に雲がかかったように地上へ影が差し、ルミナは何事かと思って空を見上げた。

そして表情が固まった。

遠近感がおかしくなったのではないかと思うほど巨大な怪鳥が、ルミナの頭上を旋回していたのだ。

「ひ――っ!?」

反射的に悲鳴が口から飛び出しそうになって、慌てて手で口を覆う。

気づかれてはマズい。

だが、怪鳥はすでにルミナを獲物として捉えていた。旋回から一転、急降下で襲ってきた。

「ウソでしょおぉぉぉぉっ!?」

足の大きさだけで、自分の身長と変わらないほど巨大な怪鳥だ。その鉤爪《かぎづめ》は、それこそ戦士が振るう大剣に匹敵する。あんなもので鷲《わし》づかみにされたら、体に穴が空いてしまう。

だからルミナは、荷物を投げ捨てて逃げ出した――が。

「ぅひゃあ！」

駆け出した途端、転がっていた石に足を取られて盛大に転んでしまった。

しかし、それが功を奏した。

怪鳥の鉤爪は空を切り、ルミナは九死に一生を得ることができた。

だが、それで危機が去ったわけではない。ルミナを捕まえ損ねた怪鳥は、再び上空に舞い上がって大きく旋回すると、再度襲いかかってきた。

「ちょっ！　ちょちょちょっ、ちょっ、まっ……！」

ルミナが魔獣に対抗できる力は魔法だ。攻撃魔法を使うしかない。

使うしかないのだが、頭の中は「どうやって使うんだっけ？」などと、とても元宮廷魔道士とは思えないパニック状態に陥っている。

そもそも魔法は繊細なものだ。

魔力を適切に操り、発動する事象を明確に思い描き、放つべき方向へ指向性を持たせて現実世界に発生させる。

それが魔法だ。

パニック状態で動き回っているような不安定な精神状態で、まともに使うのはよっぽどの熟練者か、戦闘に慣れている冒険者か、はたまた何があっても自分を守ってくれる騎士のような相方がいるときくらいだ。

今のルミナには、そのどれもが足りていない。

「――っ！」

魔獣の鋭い爪の前では無駄と知りつつも、覚悟の気持ちがルミナの体を固くさせる。

「キュエェェェェェェッ！」

耳をつんざくほどの怪音波がルミナの体に叩きつけられた。

けれどそれは、ルミナが覚悟していた怪鳥からの攻撃ではなかった。

何が起きたのかと顔をあげたルミナの目に飛び込んできたのは、大きな背中。そして、地面にずさりと音を立てて落ちる怪鳥の巨大な足。

状況がまったく理解できないルミナを他所に、足を失ってバランスが取れなくなったのか、怪鳥は地面に転がって暴れ回っている。

「はっ！」

そんな怪鳥を、大剣を持つ男が一撃で首を刎《は》ねた。

それで終わりだった。

ルミナがあれだけ慌てふためき逃げ惑った怪鳥は、男に呆気《あっけ》なく倒されたのである。

自分が戦闘に不向きで弱いことを自覚しているルミナだが、大剣使いが空を飛ぶ魔物を倒したのだ。この男が相当な手練《てだ》れということだけはわかる。

「大丈夫かい？」

怪鳥を一撃で切り捨てた男が、戦闘中とは違う、どこか人懐こい柔らかな笑顔で手を差し伸べてきた。

赤い髪に赤い瞳。身にまとっているのは急所を守ることを重視した軽鎧《けいがい》だ。それもただの軽鎧ではなく、かなり良質な金属を使った軽鎧のように見える。

どうやらこの男、怪鳥を一撃で倒す腕前や身につけている装備から察するに、かなりの熟練冒険者のようだ。

ただ、思ったよりも年は若い。ルミナとそれほど変わらない年齢みたいだ。

それに、さりげなく手を差し伸べる所作を見ても、冒険者にありがちな無作法な荒くれ者というわけでもなさそうだった。

「あ、ありがとうございます……」

差し出された男の手を取って、ルミナは立ち上がった。

石に躓《つまず》いて転んだが、足首はひねっていないし擦り傷も軽微なものなので、治癒魔法を使わずともすぐに治るだろう。

「危ないところをありがとうございました」

「無事でよかった。この街道を一人で歩くのは危険だよ。近くにダンジョンがあるからね」

「え？」

初耳の情報だった。

少なくとも、ルミナがカナル村に住んでいた子供の頃、近くにダンジョンがあるなんて話は聞いたことがない。子供だったから知らないということではなく、むしろ危ない場所だからこそ子供に知らさなければならないはずだ。

「ダンジョンだなんて、いったいいつの間に……？」

「えっと……かれこれ五年になるかな？」

「五年……」

五年前と言えば、カナル村が疫病に見舞われた時期だ。

別の言い方をすれば、ルミナが王都で一人生きていかねばならなくなった時期である。

両親が病に倒れ、自分一人の力で生きていくことに必死になっていたからこそ、カナル村の近くにダンジョンが出現した話なんて、まったく知らなかった。

そもそも、ダンジョンという存在は謎に満ちている。

ある日突然、なんの前触れもなく出現し、内部で数々の魔獣を誕生させる。そして、時間の経過とともに崩壊して消えてしまう。

そんなことが何故《なぜ》起きてしまうのか、原因は今なお不明だ。人々はみな、嵐や噴火、地震のような自然災害と同じようなものとさえ考えている。

ただ、ダンジョンは自然災害と違って、人々の生活を乱すだけのものではない。内部で誕生する魔獣は、さまざまな魔道具の素材として活用できるのだ。

近くにあれば厄介だが、遠い地で発生したダンジョンは資源の宝庫であり、人々に富と潤いを与えてくれる――というわけだ。

「その様子だと、ダンジョンの存在を知らずにこの街道を一人で進んでいたのかな？」

男が呆《あき》れてしまうのも無理はない。

ダンジョンは内部が危険なのはもちろん、近隣にも悪い影響を与える。その一例が、先ほどルミナを襲った怪鳥のように、ダンジョンの外に出てくる魔獣の存在だ。

冒険者のように魔獣と戦う術を習得済みならいざ知らず、ルミナのように戦闘用魔法もロクに使えない一般人は、ダンジョン付近を通るなら護衛を雇った方が安全だ。

「す、すみません……ダンジョンができていたなんて、まったく知らなかったもので……」

「ああいや、別に怒ってるわけじゃないんだ。ただ、ダンジョンなんかなくても女性の一人旅は物騒じゃないか。何があったのかと思ってね」

「それは……ええっと……あはは……」

そのあたりのことは、さすがに少し説明しにくい。

いくらなんでも初対面の相手に、宮廷魔道士をクビになったから故郷のカナル村に帰るところです――なんて、恥ずかしくてとても言えやしない。

「ああ、ごめん。別に詮索するつもりはないよ。……ああ、そうだ。自己紹介をさせてくれ。僕はバーニィ・オルト。見ての通りの冒険者で、ダンジョンに向かう前にカナル村の冒険者ギルドで仲間と待ち合わせをしていてね。村へ向かう途中に君が襲われているのを見つけたってわけさ」

「あ、カナル村に向かわれるんですか？」

「君もそうなのかな？」

「ええ。その……長く帰っていなかったんですけど、生まれ故郷でして」

「なんだ、そうだったのか。そういうことなら、村まで一緒に行かないか？」

「あー……」

一瞬どうしようかと考えたルミナだが、向かう場所が同じなのに断るのもおかしな話だと結論づけた。

「それじゃあ、えっと……お願いします」

怪鳥から助けてもらった上に護衛のようなことをしてもらうのは気が引けるが、ここは素直に好意を受け取ろう。

カナル村までの短い間だが、ルミナはバーニィと道中を共にすることにした。

＊　＊　＊

バーニィと名乗った冒険者とともにカナル村へ向かう道中は、再び怪鳥に襲われることも他の魔獣が現れることもなく、順調の一言で言い表せる旅路だった。

だからなのか、黙って歩くとそれはそれで居心地が悪くなり、どちらからともなく言葉を交わしていた。

といっても、その内容は他愛もないことばかりだ。

ルミナの方は、故郷に帰ることになった理由をざっくりと。

バーニィの方は、自分が冒険者になってからの出来事などを。

それなりに会話は弾んだが、悪く言うと益体《やくたい》もない話ばかりしていたように思う。

けれど、退屈しないで済んだことは間違いない。

そうして村にたどり着いたのは、そろそろ日が暮れようかという時間だった。

「じゃあ、僕は仲間たちのところに行くよ。君がいたおかげで、道中は楽しかった」

「こちらこそ、とても助かりました。ありがとうございます」

「僕はこれから冒険者ギルドへ向かうけれど、君はどうするんだい？」

「あー……えっと、家は残っているので実家の方へ行ってみようと思います」

「そうか。それじゃ、ここでお別れだね。気をつけて」

「はい。ありがとうございました」

ルミナがお辞儀をすると、バーニィは軽く手を振って、そのまま冒険者ギルドへと向かって行ってしまった。

名残惜しそうな素振りも見せない。

去り際の潔さというか、サバサバとした別れ方は冒険者らしいと言えた。

バーニィと別れ、ルミナは先ほど告げたように生家に向かうことにした。父母はすでにいないが、家だけは残っている。

というのも、ルミナの祖先はカナル村が〝村〟という形になる前からこの地に住んでいたらしい。なので、生家も先祖代々受け継いできた持ち家であり、父母が死んだあとも残っている。

もっと言えば、父母がルミナに遺《のこ》した唯一の財産と言えるだろう。

(この家、どうしようかなぁ～……)

長く家主を失っていた家屋の扉が、ルミナの手でゆっくり開かれた。

それほど広い家ではない。地上二階建て。地下に物置みたいな倉庫がある。ただ、一人で住むには広すぎた。

(いっそのこと売り払っちゃった方がいいのかな……)

誰も出入りしていないからこそ、埃《ほこり》が溜まっている。誰も住まない家は、それだけで死んでいくと誰かが言っていたように思う。

そんな記憶が、ルミナに生家を売却させる考えを脳裏によぎらせたのかもしれない。

「はぁ～……」

思考が短絡的になっていると気づいて、ルミナは馬鹿な考えをため息と共に吐き出した。

そもそも、今のルミナは無職である。両親が遺してくれた家を手放したら、どこに住むというのか。

売るにしても残すにしても、次が決まらなければ今決めることはできない。

そのためには、定期的な収入を得られる仕事に就くのが一番だが、果たしてこの村で自分にできる仕事があるのだろうか。

それも、近日中に始められる仕事だ。

さすがに王都からカナル村までの旅費で、手持ちが心許《こころもと》なくなってきた。

「んー……」

地下に、何かないだろうか。

さすがに家そのものを売り払うことはできないが、地下の倉庫に何かあるかもしれない。そう考えて、ルミナは地下へと向かった。

今の時代、魔道具で明かりを灯《とも》すことが主流になりつつあるが、田舎の村で代々住み続けた古い家ではそうもいかない。

ランタンに火を灯してから地下に足を踏み入れると、ここもやはり埃っぽかった。

おまけに、地下だけあって空気も澱《よど》んでいる。

「うわぁ～……」

ランタンの頼りない明かりに照らされて見える地下倉庫は、パッと見た限りではロクなものがない。

壊れている家具や錆《さ》び付いた農具、さらには魔獣から剝いだと思われる皮や骨、爪といった素材のようなものも転がっている。

「魔獣の素材なんてあったんだ……」

父母が魔獣を倒して手に入れた——というわけでもないだろう。そんな冒険者みたいなことはしていなかったはずだ。

もしかすると祖父母か、さらに前の世代のご先祖様が残したものかもしれない。

魔獣の素材はそこそこ高く売れるかもしれないが、こんな地下に放り込まれているところを見ると、無価値の可能性が高い。

家具や農具も同じこと。

どれもこれも売り物になるものとは思えなかった。

「はぁ～……」

これは期待できそうもないな、とため息を漏らし、ルミナは壁のあたりを見回した。

確か、壁にランタンの置き場があったはずだ。

いや、明かりを灯す油皿だっただろうか。

どちらにしろ、手にランタンを持ったまま見回るのは面倒だ。どこかに置いておきたい。

「……ん？」

どこだっただろうと壁をまさぐってみれば、不自然な窪《くぼ》みを見つけた。ランタンを置くには小さく、かといって油皿が置いてあるわけでもない。

「ん？　ん？　……ん？」

穴をまさぐっていると、何かカチッと音がした。

直後。

「うわっ！」

ガゴンッ！　と、大きな音を立てて壁の一部が床下に滑り落ちて、ルミナは悲鳴を上げた。

「びっ、びっくりした……！」

こんな仕掛けがあるなんて、両親から一度も聞いたことがなかった。もしかすると、両親も知らなかったのかもしれない。

「なんなの……？」

滑り落ちた壁の先にランタンの明かりを向けてみると、部屋と言うには狭すぎる空間があった。せいぜい人の頭くらいしか入らないような、小さな空間だ。

そこに、真っ黒な石版らしきものが台座の上に鎮座している。

黒い、ランタンの明かりすら吸い込むような漆黒の石版は、紙切れのように薄かった。なにやら文字らしきものが書かれているが、ルミナの知っている文字ではない。

「…………」

しばし考えてから、ルミナは真っ黒な石版を手に取った。

「あいたっ！」

直後、指先に鋭い痛みを感じた。手に持ったときに、石版の縁で指を切ってしまったらしい。少しだけ血が流れ出てしまった。

そのルミナの血が石版にぽたりと落ちた瞬間。

「おはようございます、ご主人様」

石版から半透明の子供の顔が、にゅっと突き出てきた。

「ひゃあっ！」

予想もしていなかったあまりにも突然の出来事に、ルミナは驚きのあまり石版を放り投げてしまった。

あまりに薄い石版は、地面に落ちると粉々になって砕け散った。

「あ……」

これはヤバい、とルミナは息を呑《の》んだ。

もしこの石版が何かしらの魔獣やら精霊やらを閉じ込める封印具だとしたら、割れた時点で封印が解けてしまう。ルミナが知る限り、封印具というのはそういう仕組みになっているはずだ。

「おや、壊れてしまいましたか」

案の定、封印されていたであろうモノは、全身の姿を現していた。半透明なのは変わらずだが。

「しかし、ご安心ください。壊れた板は会員証のようなもの。すでに専属契約を結ばれているヘイラー家の方々は、このわたくし、バルカンが永続的にサポートすることとなっておりますので」

「え、あ、え……？」

矢継ぎ早にあれこれ言われて、ルミナはますます混乱した。

おそらく、この封印されていた魔獣か精霊かわからない謎の存在は、名を〝バルカン〟と言うのだろう。半透明で透けているということは、実体がない、あるいは実体化できないほど中途半端な状態だと思われる。

ただ、会員証とか専属契約とか、何より〝ヘイラー家〟というのは誰のことなのか、さっぱりわからない。

「あの……その、へ、ヘイラー家……？　というのは……だ、誰のこと……？」

「もちろん、ご主人様のことでございます」

「わ、私……？　あの、私はヘイラーという家の者じゃないんだけど……」

「ふむ？　……ああ、なるほど。わたくしが最後に起きたのは八百年ほど前ですか。それなら家名が変わることもありましょう」

一人で何を納得しているのか、バルカンは大きく頷《うなず》き、「ご安心ください」と自分の胸を叩いた。

「ヘイラー家の血を受け継がれておられる方には、今後も変わらぬ手助けをせよ、という契約になっております。家名が変わったところでなんの問題もございません」

どうやらバルカンは、ルミナの命を奪うとか封印されていた恨みを晴らすとか、そういうことをしようとしているわけではなさそうだ。

「ええっと……何を手助けしてくれるの？」

物は試しと聞いてみたら、バルカンは「おっと、これは失礼しました」と口元を押さえた。

「どうやらわたくしのことは、いずれかの時代で途絶した様子。改めて自己紹介をさせていただきましょう」

バルカンは、どこか芝居がかった素振りで仰々しく頭を下げた。

「わたくしめは全知万能の大魔導図鑑アーカーシャより、鍛冶の智《ち》を抜粋した魔導書バルカンでございます。過去、現在、未来、あらゆる時代のいかなる道具であろうとも、お望みのままに製造方法を伝授いたしましょう」

「え……と、どういうこと？」

どうもよくわからない。

いや、バルカンの言っていることは耳に入ってきている。けれど、それを正しく理解しようにも、情報が何かと不足している。

大魔導図鑑アーカーシャ？

あらゆる時代のいかなる道具？

ルミナは首を傾《かし》げることしかできなかった。

「なるほど、なるほど」

そんなルミナの態度に、バルカンはまたも大きく頷いた。

「どうやらわたくしに関わる一切が、まったく伝わっておいでではない様子。ならば一からご説明いたしましょう」

そうして語るバルカンの話は、ルミナの遠い昔の先祖がバルカンと契約を結んだ時の話だった。

それは、まだ世界に勇者や魔王が存在する、神話のように語られる時代のことだ。

一人の人間が、神が住まう神域に足を踏み入れたことから始まる。

その人間は自らやってきたのか、あるいは神が招いたのかはわからない。ただ、その神域で人間は、神から全知万能の大魔導図鑑アーカーシャを授かったという。

そして、下界に戻った人間は、アーカーシャの叡智《えいち》を用いて魔王を掃討し、勇者と呼ばれるようになった。

それこそが人間と魔族が覇を競い合っていた時代の終焉《しゅうえん》であり、人類繁栄の幕開けでもある。

ただ、世界から魔王が消えて平和となった世に、アーカーシャの叡智はあまりにも強大すぎた。下手に広まれば、今度は人間同士の争いが激化するかもしれない。

だからこそ、神からアーカーシャを授かった勇者は後の世で悪用されることを恐れ、記されている内容を項目ごとに再編して封印したのである。

その中の一節が、バルカンだ。

バルカンに記されてた情報は、武器や防具、日用品なども含めた、人間が扱う道具に関するものらしい。

「なんで私が……っていうかヘイラー家が、神様から授かった大図鑑の一節であるあなたと契約してるの？」

「勇者様とヘイラー家の者が懇意だったようでございます」

「えぇっ!?」

ルミナは驚きのあまり大きな声をあげた。まさか先祖に勇者と懇意にしていた人物がいただなんて、夢にも思わなかった。

「お望みであれば、今の世の誰も見たことがない武具の製造方法を伝授いたしましょう。あるいは、人々の生活をより豊かにする道具も製造可能でございます。人々が扱う道具であれば、なんでもご用命ください」

「え……なんでも？」

「ただし」

ルミナが興味をそそられたところに、バルカンが釘《くぎ》を刺すように指を突き出した。

「わたくしは、必要な素材と製造方法をお伝えするだけ。実際に作るわけではございません。そこはご容赦ください」

「え、自分で作るの？」

「製造魔法《クラフトマギア》を習得しておられるでしょう？」

「製造魔法？」

「こちらも失伝しておりますか？　製造魔法は、精霊の力を借りて製作を行う魔法でございます」

「えっ、精霊に？」

　それはつまり、精霊に物作りを頼むということなのかと、ルミナは驚くと共に疑いの念も抱いた。

　精霊は本質的に人間の言うことを聞かない。

　精霊魔法しか使えないルミナだからこそわかることだが、精霊とは意思疎通を図ることこそできるかもしれないが、相互理解は不可能だ。

　人間の話なんて聞き耳を立ててくれていれば御の字、言いなりになることなんて絶対にあり得ない。

「無理でしょ」

　精霊とは、とかく自由な存在なのである。

「さて？　わたくしは魔導書でございます。知恵と知識を与えるのが役目。真偽のほどはご自身でお確かめください」

「いやでも、私は製造魔法なんて使えないし……」

「ご安心を。わたくしは鍛冶にまつわる情報を伝授する魔導書でございます。製造する技術も記録しているのは当たり前。まずはその知識を伝授いたしましょう」

そう言うと、バルカンはルミナの額に指を向けた。

実体を持たないバルカンの指に直接触れられるということはない。なのに、額をグッと押されたような圧を感じた。

「え……なに？」

「製造魔法をご主人様の記憶に入力いたしました。如何でしょう？」

「如何って、そんなの……あれ？」

わかる。

何故かわからないけど、知っている。

「製造魔法と一緒にこの時代で一般的とされる剣の姿も入力いたしております。どうぞ、製造魔法をご堪能ください」

「う、うん。……あ、そうだ。えっと、材料」

何を作るにしても、まずは材料が必要だ。

地下の倉庫には様々なガラクタと、どこから持ってきたのかわからない魔獣由来の素材がある。

ルミナが選んだのは、自分の身長と大差ない魔獣の角らしき素材だ。もしかすると骨なのかもしれない。見た目ほどの重さはなく、けれど軽く叩いてみればキンッ！と金属のような音がする。

ルミナは記憶にあるとおり、静かに手を伸ばして精霊に呼びかけた。

「起動《ウェイクアップ》」

それは呪文というよりも、単なる呼びかけ。精霊の注意を引くための、合図のようなもの。

それだけで十分なのだ。

そもそも精霊には、人間と同じルールは通じない。

人は他者と意思疎通する際に言葉や文字を用いるが、精霊には言葉や文字がない。

ただそこに存在しているだけだ。

過去に精霊について研究していた学者の説によれば、精霊とは一つの属性に偏った純魔力の塊であり集合体なのだそうだ。

自ら考えて行動することはないが、人間の命令で行動することもない。そもそも、人間からの呼びかけに応じることは稀《まれ》である。

だから精霊魔法は、極めて扱い辛《づら》く、融通の利かない魔法なのだ――と。

しかし、その説には一つだけ誤りがあった。

精霊に指示を出す方法が、ただ一つだけ存在するということだ。

「接続《エンゲージ》、火霊《サラマンダー》。加工開始《クラフト・スタート》！」

それは、思い描くこと。

頭の中で、文字や言葉ではなく、映像として思い描くこと。

発端から過程を経て、望むべき結末を具体的かつ鮮明に想像し、使役したい精霊の属性に偏らせた術者の魔力とともに送ることで精霊は術者と同調し、初めて人のために行動する。

ルミナの目の前で魔獣の素材がドロドロに溶け、圧を掛けて細く薄く、そして長い一振りの剣に変わっていくように。

そうしてルミナは、火の精霊の力を借りて一振りの剣を完成させた。できてしまったのだ。

「お見事でございます」

バルカンが掛け値なしの賛辞を口にする。

「ご主人様は精霊魔法との相性がとてつもなく良いようでございますね。見事、刀身の完成でございます。すでに伝授しております柄や鞘《さや》は別に製作していただき、最後に組み合わせれば——」

「す、すごぉい！」

バルカンの話も半分に、ルミナは自分が成し遂げたことに歓声を上げた。

宮廷魔道士として自ら完成させた魔道具はないものの、道具作りの難しさは知っている。

もちろん、魔道具とただの剣では製作難易度はまったく違う。

だが、そもそもの前提として、魔獣の素材がこうも簡単に加工できてしまったのは画期的と言えるだろう。

「……そ、そうだわ！」

こんな風に時間を掛けず道具が作れるなら、もしかして商売になるかもしれない。

ルミナが王都に出向く前のカナル村は、農業や林業を中心とした小さな村だった。

商店はあるものの、近くの街から日用雑貨を取り寄せて販売している程度である。

けれど今は近くにダンジョンが出現したこともあって、どうやらほんの少しだけ商売の規模が大きくなっているようだ。

バーニィと別れて生家に戻ってくるまでの間にも見かけたが、宿屋や飲食店などもできている。おそらく、ダンジョンに挑戦する冒険者向けの商売が成り立っているのだろう。

ならば、自分も冒険者を相手にした商売なら、勝算があるのではないだろうか。

例えば、冒険者向けの武器や防具を作ったり、道具を作ったり——とか。

「これならいける……いけるわ！」

まだまだ具体的な計画はないものの、ルミナは確信めいたものを感じていた。

カナル村の近くに出現したダンジョンは、村の名前を取ってカナル・ダンジョンと名付けられた。

現時点でカナル・ダンジョンの最深踏破記録を持っているのは、バーニィ・オルトをリーダーとした四人組パーティ〝白銀の風切羽《かざきりば》〟だ。現在、第六階層まで進んでいる。

＊　＊　＊

ただ、それ以上の深い階層へ潜るのは無理かもしれない——と、周囲や本人たちさえも考えていた。

理由としては二つ。

一つ目は、持ち込める荷物の量が限られていること。

食料は、かろうじてなんとかなる。魔獣の中には食べられる種類もいるからだ。飲み水も、スライムの種類によっては上手く処理することで、その体液が飲料水になる。

問題なのは消耗品の方だ。

怪我《けが》や毒などの治療薬、装備品の修理用品、さらには予備の武器など、持ち歩く道具はあまりに多い。

加えて、素材の持ち運びもある。

冒険者は、倒した魔獣の素材と魔石を持ち帰ることが本来の仕事だ。状況によっては、進むときより戻るときの方が大荷物になることもある。

そのため、より深い階層へ挑むには数十人規模の大所帯でなければ難しい。

二つ目の理由としては、出現する魔獣の性質が関係している。

浅い階層から、比較的強いとされる大型魔獣が出現するのだ。

冒険者になりたての初心者では歯が立たず、ある程度の大型魔獣と戦闘した経験がある中級者以上の冒険者でなければ、挑むのが難しいダンジョンとなっていた。

しかし、白銀の風切羽はダンジョン探索の上級者だ。大型魔獣との戦闘にもそれなりに慣れていた。

慣れてはいるが、それでも複数で襲いかかって来られれば手間取ってしまうし、持ち帰る素材の量も多くなる。

こうなると、最深部を目指す必要もあまりない。浅い階層で素材集めに重点を置いた方が賢い選択と言えるだろう。

「とは言ってもだ」

仲間たちと現状の確認を取っていたバーニィは、そんな言葉で話を続ける。

「僕たちの目的は稼ぐことじゃない。そうだろう？」

バーニィの言葉に、仲間の三人は小さく頷いた。しかし、それぞれの表情はどこか暗いものだった。

「現実問題として、より深い階層へ向かうなら人を増やすしかないんじゃないか？」

そんな意見を口にしたのは、バーニィと一緒に前衛を務める槍使《やりつか》いのラヴィン・ウォーニーだ。自身の身の丈の倍近い槍を自在に振るう豪傑である。

「カナル・ダンジョンは第一階層からマンティコアやコカトリスみたいな面倒な魔獣が多い。それらをただ倒して先に進むのは、相応に危険だぜ？」

冒険者が魔獣を倒し、魔石だけでなく骨や皮、肉を素材として持ち帰るのは、それが売り物として価値が高いから——という理由だけではない。倒した魔獣の血の臭いが、新たな魔獣を呼び寄せてしまうからだ。

それを防ぐためにも、冒険者はダンジョン内で倒した魔獣はできるだけ速やかに素材まで解体した方が良い、とされている。

ラヴィンが言っている〝危険〟とは、そのことだ。

「それに、わざわざダンジョンに挑んで赤字になるのは避けたいわね。何事にもお金ってのは必要だし、大事なのよ」

現実的な意見を口にしたのは、魔道士のリリィ・フォーエンだ。絞り込まれた褐色の肉体は武闘家のように鍛えられているが、これでも歴《れっき》とした魔道士である。

　バーニィとラヴィンの二人で魔獣を弱らせて動きを止めたところに、リリィが超火力の魔法でとどめを刺すのが基本的な戦術となっていた。

「これ以上先に進むなら、もう少し人数を増やすしかないんじゃないかしら？」

「それは無理な話だ」

　間髪を容《い》れずに答えたのは、治癒術士のパエオン・ローだ。全身を隠すように、常にフードをかぶっているその姿は、まるで実体を持たない幽霊みたいだと仲間にもよく言われている。

　ただ、治癒魔法の実力は折り紙付きだ。回復以外にも、防御や身体能力の強化も得意としている。パーティを下支えする土台的存在からの言葉は、聞き流されることが少ない。

「我らの立場上、外部の者を一時的でも入れるべきではない」

「そうは言ってもな……」

「その問題を解決するために、別行動を取っていたのではないのかね？」

　パエオンがバーニィに顔を向ける。フードの奥からまっすぐ睨まれているのが何故かわかってしまうので、少し居心地が悪かった。

「いやあ、それが……なかった」

　誤魔化してもすぐにバレる話なので、バーニィは素直に白状した。

案の定、バーニィの素直な告白に誰一人として憤慨する者はおらず、むしろ「当然だろ」と言わんばかりにシラけた表情を見せている。

「そりゃそうだろう。無限に荷物が入る道具袋なんてあるわきゃねぇよ」

バーニィが単独行動を取っていたのは、前時代――勇者の時代に使われていた「無限の宝物庫」と呼ばれる道具袋が、とある場所にあると耳にしたからだ。

この時代にある道具袋も、見た目以上に大きなものや量がたくさん入る魔道具だ。ただ、無限に押し込められるものではない。どうしたって上限がある。

その上限が存在しない道具袋こそ、勇者が使っていた〝無限の宝物庫〟と呼ばれている魔道具だった。

それが競売に掛けられていると噂で聞いたバーニィは急いで駆けつけてみたが……結果としては、ラヴィンが言うようにガセネタだった。

「そもそも勇者時代の道具だなんて……神話やおとぎ話の類いじゃない。そんなの信じるなんて、どうかしてるわよ」

「いや、でもさ」

仲間に笑われっぱなしで更に居心地が悪くなったバーニィは、せめてもの反論を試みた。

「ダンジョンから、ごく稀に勇者時代の遺物みたいな魔道具が見つかることもあるじゃないか。だから無限の宝物庫も、まぁ……あるんじゃないかなぁと……」

それでも、言葉尻は自信なさそうに萎《しぼ》んでいった。

何を言っても、間違った情報に踊らされて本来ならダンジョンに潜ることができた時間を無駄にしたことに変わりはない。

そう思うと、なんだか申し訳ない気持ちで一杯になる。

「なかったのならば仕方あるまい」

そんなバーニィの気持ちを慮《おもんぱか》ってか、パエオンがそんな風に助け船を出してくれた。

「実際、ダンジョンの内部で勇者時代の道具が手に入ることもある。もしかすると、ここのカナル・ダンジョンで見つかるやもしれんな」

「あまり期待はできそうにないわね」

少し期待を持っているようなパエオンと違い、リリィは現実的だ。

実際、ダンジョンで勇者時代の道具が見つかることはある。ただ、その数は極めて少ない。もし発見することができれば、魔獣の素材なんて比べものにならないほどの高値が付く。

それこそ、国宝として国の宝物庫に収蔵されてもおかしくないほどに。

つまり、それだけ数が少ないということだ。

現実主義的なところのあるリリィにしてみれば、そんな奇跡の一品に期待なんかしていられない——ということだろう。

「ともかく、だ。どっちにしろ、今の俺らは冒険者で、ダンジョンに潜らなきゃ美味《うま》い飯にもありつけないし、宿にだって泊まれやしねぇ。当面の食《く》い扶持《ぶち》を稼ぐためにも行くしかねぇよな？」

「……それはそうだな」

バーニィもラヴィンの言い分に異論はない。

「じゃ、行くか」

呼びかけて立ち上がったバーニィに続いて、三人の仲間たちもそろって立ち上がった。

第二話　折れない剣

実家の地下で魔導書バルカンと出会ったルミナは、翌日になって早速行動を起こすことにした。

最初に向かったのは、村役場である。

製造魔法《クラフトマギア》でどんな道具でも作り出せるようになった――とは言っても、いきなり店を構えるのは無謀すぎる。まずは個別注文方式で客を捕まえて、ある程度の実績を作った方が経済的にも安心だと考えた。

そのためにも営業活動は重要だ。だから役場までやってきた。

役場は、その地に住む人たちの情報や生活環境の管理を行っている。大きな都市にはもちろんのこと、カナル村のような小さな集落にも必ず設置されている、王国の重要な施設だ。

早い話、困ったことがあったらひとまず訪れてみればいい場所なのである。

「……ん？」

小さな頃の記憶を頼りに役場へやってきたルミナだが、そこは別の施設になっていた。

「冒険者……ギルド？」

確かに、近くにダンジョンが出現したらしいので冒険者ギルドができていてもおかしくない。けれど、この場所は役場があった場所なのも間違いない。

冒険者ギルドを優先させて、役場は別の場所に移転したのだろうか。

移転しているのだとすればどこにあるのか、残念ながらルミナにはわからない。

ひとまず、中で聞いてみようと冒険者ギルドの扉を開けた。

「お、おぉ〜……」

中に足を踏み入れると、なかなかどうして威圧感の強い光景が広がっていた。

筋骨隆々の冒険者たちが、男女を問わず窓口での受付待ちをしている。カナル村で、こんな賑《にぎ》わっている光景を見るのは初めてだ。

「え、えぇっと……」

ダンジョンで命を賭けて戦う冒険者たちは、ルミナみたいに部屋や研究室に籠もって作業をする技術職の人間から見ると、側《そば》に居るだけで圧が凄《すご》い。何かされたわけでもないのに、なんだか尻込みしてしまう。

それでも、ルミナはルミナで目的があるのだ。ギルド職員から役場の場所を教えてもらうまでは、回れ右で帰るわけにもいかなかった。

「……あら？　もしかして、ルミナちゃん？」

ルミナがキョロキョロしていると、不意に名前を呼ばれた。

振り返ると、そこにはギルド職員の制服に身を包んだ女性が立っていた。

そんなギルドの女性職員の顔を見て、ルミナはどこか見覚えがあるような気がした。

「あら、忘れちゃった？　近所に住んでいたシエラよ。シエラ・フォビラ」

「あっ、シエラ姉さん!?」

名前を聞いて、ルミナの脳裏に蘇《よみがえ》るのは、小さい頃——それこそ、ルミナの年齢が一桁だった頃に、よく遊んでもらった近所のお姉さんの姿。

それが、目の前のギルド職員と重なった。

「ご無沙汰してます、シエラ姉さん」

「ほんとに久しぶり。……ご両親のことは、残念だったわね……」

「あー……いえ」

「当時は疫病が蔓延していたからね。ルミナちゃんのご両親も、そのまま火葬させてもらったんだけど……そのあたりの話は聞いてる？」

「はい。当時は王都にいたので、すぐに帰ってくることができなくて……。理由が理由ですし、埋葬までしていただいて、ありがとうございました」

カナル村が疫病に見舞われた際、王都にいたルミナは父母が病死したことを、村役場からの事務的な連絡で知ったのだ。

父オルドラ、母ミシェーラが疫病により死亡したため、衛生管理の面から火葬の後、村の共同墓地に埋葬した——と。

そのことについて、事後連絡ではあるが了承してほしい旨の署名を求められた。

ルミナとしては一族の墓もあるのでそちらに埋葬したかったが、状況が状況だったので泣く泣く了承したのだった。

「それよりも、今日はどうしたの？　もしかして、冒険者に転向した？」

「ああ、そうじゃなくて——」

奇《く》しくも幼い頃からの顔なじみと出会えたことは幸運だった。ルミナは、自分が王都から故郷に引っ越してきたことを含め、冒険者ギルドではなく役場に行きたかった旨を説明した。

「あら、そうだったの。お帰りなさい、ルミナちゃん」

「ん……ただいまです」

父母が死んで知り合いもいないと思っていた生まれ故郷で、予期せぬ場所で不意に言われた「お帰りなさい」という言葉に、ルミナはちょっぴり気恥ずかしく「ただいま」の言葉を返した。

「でもまぁ、そういうことならここで大丈夫よ」

「え？　でもここって、冒険者ギルドでしょう？」

「そうなんだけど、役場も兼ねてるのよ」

「……へぇ？」

尻上がりの変な声が出てしまった。

詳しく話を聞いてみると、カナル村くらいの小さな村では役場が冒険者ギルドを兼任しているらしい。大きな街だとそんなことはないのだが。

そもそも、冒険者ギルドはダンジョンに挑むために各地を転々とする冒険者を管理する団体だ。役場が村人の居住や戸籍を管理しているのと同じようなことをしている。であれば、村のように小さな共同体の役場なら、仕事量的に冒険者の管理も任せられないだろうか——ということで、兼任することになったらしい。

「じゃあ、いろんな手続きってシエラ姉さんにお願いできます？」

「いいわよ」

シエラに連れられて窓口に向かうと、まずは基本的な転居手続きを済ませた。これをしておかないと、居住税だけ取られて福祉的な支援が受けられなくなってしまう。

例えば、大規模な火災や豪雨、あるいはダンジョンから魔獣が溢れて村に何かしらの被害が出たとき、国は復興の支援をしてくれる。

ここでちゃんと役場に居住登録をしておけば、見舞金なり支援物資などを受け取れるが、しておかないと弾《はじ》かれてしまう——というわけだ。

「これで正式に村に戻ってきたって感じね。それで、他には何かある？」

「ええっと、私、村で道具屋をやろうかなと思っていて……」

「え、道具屋？　でも、道具屋ならすでにあるわよ？　ほら、この冒険者ギルドの三軒先にあるモーリス・マーケット。あそこは街からいろいろ仕入れてて冒険者相手に大盛況なんだけど……そこと競合しちゃうけど、大丈夫？」

「あ、いえ、私がやろうとしてるのは……なんていうのかな？　こういうのが欲しい、ああいうのが欲しいっていう依頼があれば作りますよ、って感じのもので……」

「あー、受注生産のお店ってことね。了解、了解」

「あっ、でも今は手持ちが少なくて、何か作るにも素材を購入するお金がないんです。だから最初は、冒険者の皆さんから素材を提供してもらう代わりに道具を作る……みたいな感じにしたいなぁと」

「それなら、最初のうちは冒険者限定って感じかしら？　ちなみに、どういう感じの道具を作るの？」

「どういう感じ……とは？」

「冒険者が相手なんでしょう？　だったら、取り扱うのは武器や防具の手入れ用品とか、道具袋とか、他にも傷や毒を治す薬品だったりすると思うんだけど、ルミナちゃんを紹介する際に、この子はこういうのが得意ですよ～ってセールスポイントがあるとオススメしやすいのよ」

「あー、そっか。えっと……」

何が作れるかと聞かれれば、バルカンが知識と知恵を伝授してくれるものになる。

そのバルカンは自身のことを〝鍛冶の智〟と言っていた。つまり、製造過程で金属を使う道具なら作れるのかもしれない。

では木材や紙を使う道具はどうだろう。

ポーションは分類こそ道具だが、薬効成分の関係もあって現在の区分だと薬品——薬学になる。

となると、作れないかもしれない。

もしかすると、思ったよりも作れるものは少ないのだろうか。

「ご主人様」

「うわぁっ！」

突然、目の前にバルカンの姿が現れて、ルミナは所かまわず悲鳴を上げた。

「どっ、どうしたのルミナちゃん!?」

そんなルミナを前に、シエラが目を丸くして驚いている。

「えっ、や、だって——」

「ご主人様、わたくしの姿はご主人様にしか見えておりません。声も他には聞こえていないので、ご安心ください」

「へ……？」

「ご主人様は言葉を口に出す必要はございません。頭の中で考えるだけでわたくしには伝わりますので」

　本当に？　と思ってシエラに目を向ければ、びっくりした顔をルミナに向けているというのに、冒険者ギルドという場所に似つかわしくない子供の姿で、しかも半透明というあからさまに異質な存在のバルカンには、ちっとも意識を向けていなかった。

　どうやら本当に、ルミナ以外には見えていないようだ。

「……大丈夫？」

　バルカンの言い分に納得したものの、シエラからは不審そうな目を向けられたままなので誤魔化さなければならない。

「あ、えっと……はい、あの……ちょっ、ちょっと首筋が、なんかヒヤッとした気がして……ははは」

「そ、そう？　それなら……いいけど」

　なんだか釈然としないようだが、それでもシエラは納得してくれた。実際は納得してないかもしれないが。

（それで……実際のところどうなの？　あなたが教えてくれるのは、金属製品だけってこと？）

「ご安心ください」

ルミナが声に出さずに問いかければ、バルカンがすぐに返答してきた。確かに考えは届いているようだ。

「鍛冶の智と申しましても、それはあくまで便宜上のもの。わたくしが誕生した当時、鍛冶とは製造技術において最先端だったからなのです。本質としては、あらゆる道具の製造方法を伝授できますので」

（ポーションでも？）

「素材さえ揃《そろ》えていただければ」

バルカンがそう言うのなら、ここは信じるしかない。

ルミナはシエラに「一通りの道具は作れます」と答えた。

「一通りっていうのは強いわね。いい売り文句になるんじゃないかしら？」

「ですかね……？」

自分で商売を始めるなんて初めてだから、ルミナはどうにも自信が無い。

ただ、役場で仕事をしているシエラがそう言ってくれるのなら安心していいのかもしれない。

「あ、でも何か見本品があった方がいいかもしれないわよ。一個でも具体的な例があると、依頼する方も頼みやすくなるから」

「それなら昨日、試しに作った剣が一本あるんで後で持ってきます」

「剣？　武器の方も作れちゃうんだ」

「あ、はい。見本に剣じゃダメですか？」

「ううん、全然いいわよ。じゃあ、それでお願いします」

　話をしながら、書類の記入漏れがないかザッと確認していくシエラ。一通り目を通してから、小さく頷いた。

「これで手続きは完了ね。冒険者ギルドの掲示板にも、ルミナちゃんの仕事のことは貼り出しておくから」

「お願いします」

「それじゃ、最後にここへ店名の署名をしてくれる？」

「え、店名？」

　ペンと書類を渡されて、ルミナはしばし考えた。

（店名……お店の名前……考えてなかったな……）

　生きていくために商売をしなければ……と、そればかり考えていたので、店名までまったく頭が回っていなかった。

「ん～……」

いろいろ考えた末に、ルミナは書類にペンを走らせて署名し、シエラに返した。

「……ヘイラー・クラフトショップ？」

ルミナが署名した店名を読み上げて、シエラは首を傾げた。

「ヘイラーって……人名？　よくあるのは自分の名前や家名を付けるものなんだけど」

「うちの遠いご先祖様なんです。父方か母方かわからないんですけど、元々はヘイラー家だったらしくて」

「ああ、なるほどねぇ」

道具作りを生業にできそうなチャンスをくれたのは、バルカンと契約を結んだ遠いご先祖様だ。その感謝を込めて、今では血族からも忘れられていたヘイラー家の名を、せめて屋号として現代に復活させたいと思ったのだ。

「それにしても……自分で商売を始めようと思うなんてねぇ。あたしだったら、いい男見つけてさっさと結婚しちゃうわ」

「そんな相手がいるなら、村に戻ってくることもなかったですよ」

「さすが、村一番の才女ね」

「もぉ～、やめてくださいよぉ」

そういえば小さい頃も、こんな風に屈託なく笑い合って会話をしていたものだ。

十歳ばかり年は離れているし血の繫がりもなく、ずっと会えていなかったけれど、会えばこうしてすぐ昔に戻れる関係性は、宮廷魔道士をクビになって王都から追い出されるように出てきたルミナにとって、とても有り難いものだった。

「これで登録は完了よ。それじゃルミナちゃん、頑張ってね」

「はい、ありがとうございます」

こうしてルミナは、一通りの手続きを済ませて冒険者ギルド兼村役場を後にしたのだった。

＊　＊　＊

「散々な目にあったなぁ、おい！」

カナル・ダンジョンの入り口の前で自棄《やけ》っぱちな半笑いで声を上げたのは、バーニィのパーティメンバーであるラヴィン・ウォーニーだった。

彼の周囲にはバーニィや他のメンバーも揃っている。皆、一様に疲れ切った表情や態度を見せていた。

「まったくだ。まさか二層目にタートルドラゴンがいるとは思わなかった」

バーニィが苦い顔で口にしたタートルドラゴンとは、亀のような甲羅を持つドラゴンである。動きこそ鈍重だが防御力が高く、物理攻撃も魔法攻撃も効きにくい厄介な魔獣だ。

「あいつって前は五階層にいなかった？　なんで二階層にいるのよ」

リリィが言うように、タートルドラゴンは以前、五階層の階層主として立ちはだかったことがある。その時は倒すだけで満身創痍《まんしんそうい》となり、六階層を探索するどころではなくなって帰還を余儀なくされた。

「あまり、良い兆しとは言えんかもしれんな」

パエオンの声は、どこか緊張を孕《はら》んでいた。

本来、ダンジョンはどこであろうと階層が下がれば魔獣の強さが上がる。五階層の主であるタートルドラゴンが、二階層に現れるのは明確な異常事態だ。

「五階層の主が二階層まで押し上げられたのかもしれん」

「どういうこと？」

「より深い階層の魔獣が、地上を目指しているかもしれん――ということだ」

「……それって」

「うむ」

顔をこわばらせるリリィに、パエオンが小さく頷く。

「もしかすると、ダンジョンから魔獣が溢れる前兆かもしれんな」

「……魔獣氾濫《スタンピード》が起きる、と？」

バーニィが出した結論に、パエオンは頷く。

魔獣氾濫。

それは、ダンジョンから魔獣が一斉に溢れ出す現象だ。

バーニィがカナル村へ向かう最中に遭遇した怪鳥のように、一匹だけ外へ迷い出るのとは違う。まるで何かに追い立てられるように、数多《あまた》の魔獣がダンジョンから怒濤《どとう》の勢いで地上へ溢れ出す現象のことだ。

「実際、過去にも似たような事例はあっただろう？」

パエオンが言うように、過去にもバーニィたち〝白銀の風切羽《かざきりば》〟は魔獣氾濫に遭遇したことがあった。その時も、浅い階層に深層の魔獣が現れ、そこから十日も経《た》たないうちに多数の魔獣が一気に外へ溢れ出してしまったのだ。

その時の被害は、惨憺《さんたん》たるものだった。

場所が比較的人里から離れたダンジョンだったため人的被害こそ少なかったが、近隣の森は溢れ出た魔獣にことごとく踏み潰され、更地になってしまった。

「……何が起きてもいいように、準備を進めておくか」

「そのためにも、まずは武器をどうにかしろよ」

タートルドラゴンと遭遇するイレギュラーな事態があったとはいえ、バーニィたちがわずか三日でダンジョンから帰還したのには理由がある。

バーニィの武器が壊れてしまったからだ。

それも、普段使っている武器はもちろん、予備の武器さえタートルドラゴンの高い防御力の前に真っ二つに折れてしまった。

武器のない剣士などなんの役にも立たない——ということで、一行は地上に帰還せざるを得なかったのである。

「せめてもの救いは、タートルドラゴンの素材と魔石が手に入ったことだな。ははは」

「そーだな。結構、いい剣が買えるんじゃゃねぇか？」

「でも、金額じゃないんだよなぁ……」

剣士にとって、武器の良《よ》し悪《あ》しは値段で決まるようなものではない。もちろん最低限の強度や刃の鋭さは求めているが、そこをクリアできているのなら、あとはどれだけ手に馴染《なじ》むかが重要だ。

その点、今まで使っていた剣は切れ味こそ若干の不満はあったが、とても手に馴染んでいた。

武器を扱う時は手の延長で——などという言説もあるが、バーニィの愛剣がまさにそれだった。

同じような剣が再び手に入ればいいのだが、完璧に馴染む剣というのは、簡単に手に入るものではないことも知っている。

もし本当に魔獣氾濫が起きるのなら、その前に最適の一振りを手に入れておきたいところだ。

そんなことを考えながら、白銀の風切羽が冒険者ギルドに戻ってくると、ギルド入り口付近にあるカナル村のお知らせ用掲示板に、一振りの剣が置かれているのが目に入った。

持ち去られないように鎖で繋がれているが、見る分には自由に見ていい物らしい。

掲示板に目を向ければ、剣を展示している店の情報も貼り出されている。

剣を失ったばかりのバーニィは、惹《ひ》かれるように展示物へと視線を注いでいた。

「受注生産……の、道具屋？」

貼り紙に書かれてある店名は、ヘイラー・クラフトショップ。

カナル村ではもちろん、他の地域でも聞いたことのない店名だと思ったら、できたばかりの店らしい。掲示板に貼られている案内の日付は昨日になっていた。

案内を読んでみると、冒険者向けに各種道具を受注生産で作ってくれるお店とのこと。その際には、使いたい魔獣の素材の持ち込みが条件となっている。そのサンプルとして、この剣が展示されているようだ。

なんともなしに、バーニィは剣を手に取ってみた。

バーニィを想定して作られた剣ではないのでバランスは悪いが、鞘から抜いてみると剣としての出来映えはすこぶる良かった。刀身は鉄とは違う輝きをしているので、魔獣の骨か鱗《うろこ》か、そういう魔獣素材が使われているのだろう。

魔獣の素材――特に骨や鱗は、確かに金属と同じ性質を持つものもある。

だが、だからと言って金属と同じ方法で加工できるわけでもない。専用の加工技術が必要になると、聞いたことがある。

なのにこの剣は、まるで普通の鉄を使っているかのように魔獣素材を加工している。

職人として、なかなかの力量を持っているに違いない。

「ギルドに報告してくるぞ」

「あ、待ってくれ」

パエオンがギルド受付に向かおうとしていたところを、バーニィは引き留めた。

「タートルドラゴンの素材、あるだろ？　それをギルドに提出するのは、待ってくれないか？」

「どうした？」

冒険者にとって、素材をギルドで換金するのは当然のことである。なので、それに待ったをかけられたパエオンが首を傾げるのは当然のことだ。

「いや、この案内を見てくれ」

「うん？」

バーニィは今まで見ていた剣をパエオンに渡し、その剣を作ったヘイラー・クラフトショップの案内を指さした。

「どうやらこの店、魔獣の素材を持っていくと、それを材料に武器や道具を作ってくれるみたいなんだ」

「……なるほど、タートルドラゴンの素材で武器を作りたいのか」

「そういうことなんだが……いいかな？」

タートルドラゴンの素材は、バーニィ一人だけのものではない。白銀の風切羽では、ダンジョンで得た素材はパーティのものであり、換金した際の報酬金は四人で分配することがルールになっている。

「タートルドラゴンの素材は甲羅と骨、血液に肉だろ？　剣にするなら甲羅か骨の素材が適切だろうから……どっちかをもらえないか？　残りの素材を換金した取り分はいらないからさ」

「まぁ、いいんじゃないか？」

バーニィの申し出を、ラヴィンがあっさりと了承した。

「なんであれ、武器がない剣士なんざなんの役にも立たないんだからよ。さっさと武器を用意してもらわなけりゃ、こっちが困るってもんだ」

「で、どっちの素材を持ってくの？」

あっさり了承するラヴィンと違い、リリィは堅実だ。タートルドラゴンの素材は、骨より甲羅の方が高いのである。

「あ～……甲羅の方がいいかなって」

「……はぁ」

そう言うだろうなということは、リリィもなんとなく察していた。ただ、甲羅一つの金額と、骨、肉、血液の三つ合わせた金額は、だいたい同じくらいになる。

「魔石の取り分もナシでいい？」

魔石は魔石でギルドでも売ることもできるが、その利用価値とは裏腹に、買い取り価格はかなり低い。

というのも、魔石はどんな魔獣であれ、必ず体内に一つ以上が存在しているからだ。魔獣の強さは関係ない。違いがあるとすれば、それは大きさだけ。

そのため、よっぽど巨大な魔石であればいざ知らず、ある程度の大きさなら十把一《じっぱひと》絡《から》げの値段で取引されている。

「え、魔石も売るのか？」

バーニィが意外そうな声をあげるのは、確かに安く取引されているからというのもある。ただ、数が多く取れる分、魔石は魔石で利用価値があるのだ。

何しろ魔石は、世にある魔道具に欠かせない重要な〝部品〟だからである。

そもそも魔道具とは、魔法が使えない人でも魔法と同等の効果を発生させられる道具のことだ。

そして、世の魔法はすべて魔力で発動する。

では、世の中に魔法が使えない人がいるのは何故かというと、魔法を発動させるだけの魔力を、自前で保有していないからだった。

その欠点を補うのが魔石だ。

魔石は濃縮された魔力が結晶化したものであり、呪文が書かれた文字に近づけるだけで魔法を発動させてしまう。

例えばランタン。

かつては油に芯を浸し、そこに火を付けていたが、今では光の呪文を刻んだ土台に魔石を置くことで発光する。しかも、効果時間は魔石から魔力が消えるまでと、かなり長い。

そして世の魔道具は、ランタンだけでなく様々なものが開発されてきた。

今や世の中の文明を支える大事な資源であり、そして魔獣からほぼ無尽蔵に取得できるものでもあった。

そのため、冒険者であれば魔石を売ってしまうより、自分たちの冒険で使った方が価値がある……の、だが。

「タートルドラゴンの魔石は大きかったからね。交渉次第で、多少は高く買ってもらえるわ」

リリィがそう言うのであれば、そうなのかもしれない。売買における駆け引きは、彼女に任せておけば損をすることはないだろう。

「わかった。そう言うことなら魔石の分け前もいらない」

「早く新しい剣を作ってもらえ」

パエオンの言葉に「わかった」と答えて、バーニィはヘイラー・クラフトショップへ向かうことにした。

＊　＊　＊

いつの間にか冒険者ギルドも兼任していた役場で、開業の手続きを済ませたといっても、すぐに客が来るとは思っていない。というか、来てもらっても困る状況だとルミナは思っていた。

そもそも、まだ店として客を招ける環境が整っていないのだ。

役場に開業手続きをした時、店名を〝ヘイラー・クラフトショップ〟と決めたが、それと同時に店の住所を生家の場所にしてしまった。

だが、生家はごくごく普通の民家である。

他所と違うところがあるとすれば地下に倉庫があることで、それ以外は店らしい要素はどこにもない。

これはマズイと、ルミナは帰宅してから気づいた。

客商売において、見た目というのはなんだかんだ言って重要だ。同じ洋服店でも、小汚い店と小綺麗《こぎれい》な店が並んでいたら、どちらに多くの客が行くのかなんて、考えるまでもない。

そういう考えの下、ルミナは生家をクラフトショップらしい外観に造り替えることにした。

そういう作業に、製造魔法は驚くほどの適性を見せた。それこそ、物作りに対する考え方が一変するほどの衝撃だった。

例えば、家の間取り変更が三十分と経たずに完了してしまった。邪魔な壁を崩し、床の材質を変え、強度維持のために柱を立てる。それらの工程が――である。

また、消耗品を展示しておく棚も五分と掛らずできあがったし、商談用のテーブルと椅子のセットなんて一瞬で完成した。

それらを作るための材料は、地下倉庫に放置されていたガラクタで補えた。

そうして早々に生家をそれっぽい店舗の姿に造り替えてしまったルミナは、ここまで来ていよいよ、自分が身につけた魔法が極めて危険な魔法なのではないか？　と考えるようにもなっていた。

製造魔法では、材質こそ変化しないが一つの素材をまったく別の姿に作り替えることができる。木材であれば、術者の思考一つで椅子にもテーブルにも変えられるのだ。

つまり、目の前にあるすべてのものを、一瞬でまったく別の形に変えてしまう魔法と言えるだろう。

別の言い方をすれば、世界の見た目を一変させてしまう魔法だ。

ということは、視点を変えれば防御不可能な攻撃魔法になるかもしれない。

例えば、魔獣由来の素材だ。

魔獣は倒して解体すれば、皮や骨が素材になる。

では、生きている状態の魔獣には使えないのだろうか？　倒して解体する前でも魔獣の皮は皮だし、骨は骨だ。

生きている間にも、使えてしまうかもしれない。

そうなれば人間にだって——。

「……やめやめやめやめっ！」

ルミナは頭《かぶり》を振って、思い浮かんだ妄想を吹き飛ばした。

製造魔法が生きている魔獣や動物、人間に使えると決まったわけではない。仮に使えたとしても、実行するのはルミナ自身だ。

やらなければいいだけの話である。

どんなに便利な道具でも、使い方を間違えれば他人を傷つける道具になる。

製造魔法も、使い方を間違わなければ便利で画期的な技術なのだ。そう思うことにした。

「……うーん……」

ルミナがそんな風に製造魔法のコワイ使い方に思いを馳《は》せてしまうのは、早々に家の改装が終わったことと、お客が来る気配がまったくないからだった。

カナル村に帰ってきてから三日が経っている。

一日目はバルカンと出会い、二日目には役場で開業手続きを済ませ、三日目の今日は午前中の早い段階で最終的な改築が終わって、何かとめまぐるしく時間が過ぎた。

しかし、すべての準備を終えて暇な時間ができてしまうと、いろいろ考えてしまう。

ちゃんと客は来るのだろうか。

本当に、道具屋としてやっていけるのか。

勢いでここまで来たがずっと生活していけるのか……等々。

そういえば役場で開業手続きをした時、担当してくれたシエラは「自分ならいい男を見つけて結婚する」みたいなことを言っていた。

「結婚、かぁ～……」

そういう未来は夢見たことすらない――とは言わない。

ただ、魔法学校時代は精霊魔法以外の適性がなくて苦労しており、異性と交流を持つ暇がなかった。とにかく勉強、勉強、勉強の毎日で、それでなんとか卒業できたようなところがある。

宮廷魔道士になってからも、似たようなものだ。

新たな魔道具の開発に追われ、学生時代より時間がなくて、恋愛どころか出会いすらなかった。

だからなのか、いつしか結婚や恋愛なんて考えることすらしなくなっていたのだが、こうして故郷の村に戻り、一人で生活していくことになって不安が増している。

自分はこのまま、一人で死んでいくのだろうか――と。

それは嫌だな、とルミナは率直に思った。

誰か一緒にいてほしいし、価値観を共有できるパートナーと死ぬまで一緒にゆっくり過ごしていたい。

そう思うのは、人生の先行きがハッキリしない今だからなのだろうか。

　それとも――。

　カラ……ン、と入り口のドアベルが軽やかな音を立てたのは、そんなとりとめも無い思考に陥っていた時だった。

「……あっ！　いっ、いらっしゃいませ！」

　ドアベルの音で現実に引き戻されたルミナが、慌てて来客を出迎えた。

　赤い髪に赤い瞳、軽鎧を身にまとった冒険者だ。

「……あれ？」

　その冒険者の姿に、ルミナは見覚えがあった。

　それは相手も同じようで、ルミナの姿を見るなり目を丸くしてみせた。

「君は……カナル村に来る前に会った……！」

「確か……バーニィさん、ですよね？　わあ、いらっしゃいませ！」

　思いもよらない再会に、ルミナは声を弾ませた。

　村へ帰ってくる時に助けてくれた人が、開業したばかりの道具屋で最初の来店客になるとは、夢にも思わなかった。

「名前は……ルミナさん、だったよね？　掲示板で開店したばかりの道具屋の情報を見て来たんだけど……」

「ああ、はい。私のところです。あ、どうぞこちらへ」

ここへ来たということは、何かしら作ってもらいたい道具があるということは間違いない。しっかり話を聞くためにも、ルミナはテーブルへとバーニィを案内した。

「それでは……ええと……」

ルミナは咳払《せきばら》いを一つすると、にっこり笑みを浮かべてみせた。

「ようこそ、ヘイラー・クラフトショップへ。当店ではお客様のご要望に応じて、世界に一つしかない最高の品を製作いたします。何をお望みでしょうか？」

考えていた出迎えの挨拶を放ってみた。お店にはやはりキャッチフレーズが必要だ、というのがルミナの考えである。

「あー……えっと」

対してバーニィは、面食らったというか戸惑ったというか、何をどう言えばいいのかわからず言葉を詰まらせている。

そういう反応をされると、ルミナもちょっと恥ずかしい。

「……すみません。今の口上、忘れてもらっていいですか……」

「え？　あ、いや、そうじゃなくて！　まさか君が受注生産の道具屋の店員だったとは思わなくて、ちょっと驚いたというか……」

「そうですか？　こう見えても、いちおう王都で宮廷魔道士をやっていたんですよ」

「えぇっ!?」

単純に驚いてもらおうと思っただけなのに、ルミナの告白にバーニィは想像以上に驚いている。

「え……っと、そんなに驚きました？」

そこまで驚くことなのか、はたまたルミナに元宮廷魔道士らしい貫禄《かんろく》がないからなのか……両方とも有り得そうだ。

「あっ、いや……仕事を辞めて村に戻ってきたって話は聞いたけど、それがまさか宮廷魔道士だったとは思わなかったよ。宮廷魔道士を続けていれば一生安泰だったんじゃないのかい？」

「いやまぁ、いろいろありまして……とっ、ともかく！　本日はどのようなご依頼でいらっしゃったんでしょうか？」

「ああ、そうだった。実は、今日までダンジョンに潜っていたんだけど、ちょっと硬い魔獣と戦闘になって剣を失ってしまってね。その代わりになるものを――と、思っているんだけど……」

そう話しながら、バーニィは店内を探るように視線を彷徨《さまよ》わせていた。

「冒険者ギルドに置いてあった剣を作ったのは……君でいいんだよね？」

「え？　あ、はい。そう、ですけど……」

冒険者ギルドの剣と言われて、見本として提出した剣のことだろうと察したルミナは、おずおずと頷いた。

製造魔法で一番初めに作った剣ということもあり、出来映えとしては若干の不安がある。今日になって生家を店舗に改修したり消耗品を幾つか作ったこともあって、今ならもう少し上手く作れそうだが、バーニィにはわからない話だ。

「あっ、あの！　役場……ええと、冒険者ギルドに置いた剣は試作品というか、初めて作ったもので！　今ならもっと上手に作れますから！」

「えっ!?」

初めての客に逃げられまいとルミナが必死に訴えかければ、バーニィから想像以上に驚かれてしまった。

「ギルドに置いてあった剣より上質なものが、本当に作れるの？」

「え……？　あっ、はい！　もちろんです！」

本当はあまり自信がないのだが、ここで「できません」とは言えない。

商売には、多少のハッタリが必要なのだと聞いたことがある。

今ここで、精一杯の笑みを顔面に張り付けて頷けなければ、これから先も商売を続けるなんてことはできやしない。そう思った。

そんなルミナの意気込みをどう感じたのか、バーニィは「……今の宮廷魔道士にそこまでの……」とか「……いや、だからこそここに……」などと、よく聞き取れないほどの小声で考えを巡らせている。

もしやこれは、やっぱりやめたと帰ってしまうのではないか――と、思ったが、最終的にバーニィは「よしっ！」と何やら覚悟を決めたように自分の膝を叩いた。

「迷っていても仕方がない。君にお願いしてみるよ」

「あ、ありがとうございます！」

漏れ聞こえていたバーニィの言葉はどこかしら後ろ向きだったのに、何がどうなって依頼しようと結論づけてくれたのかわからない。

わからないが、依頼すると決断してくれたのだから、良しとしよう。

ともかくこれで、仕事がゲットできたことにルミナは声を弾ませた。

「それで、何を製作いたしましょう？」

「作ってもらいたいのは両手剣だ。できれば二振り欲しい」

「同じ形の両手剣を二振り、ですか？」

「そう。一振りは予備ってことで持っておきたいんだ」

「あー……なるほど」

一瞬、両手剣サイズの剣を二刀流で操るのかと思ったが、そうではないらしい。余計なことを聞いて恥をかくところだった。

「デザインはどうしましょう？」

「僕の場合は機能性重視かな。見た目はシンプルでいいから、とにかく折れない剣が欲しい」

「折れない剣……ですか。あの、掲示板のチラシには、お客様に素材の持ち込みをお願いしてるんですが……」

「ああ、ギルドの掲示板に貼ってあったチラシには、製作費の他に素材の持ち込みが必須とあったね」

「そうなんです。こちらで用意できる素材には限界があります。危険なダンジョンに挑む冒険者の方にご満足いただく道具を作るには、やはり持ち込んでいただいた方がいいと思いまして」

　というのは建前である。本音としては、冒険者の実用に耐えうる専門道具を作る素材を購入する余裕がないからだ。

　そんな本音を知ってか知らずか、バーニィは「なるほどね」と納得してくれた。

「それで、素材の方はお持ちでしょうか？」

　折れない剣を——と言われても、持ち込んでもらった素材に因《よ》るところが大きい。

それこそ、スライムの皮膜などで硬質な剣を作れと言われても無理だ。

「かなり大きなものだから……外で出す方がいいかな」

「え……？」

バーニィの言葉に、ルミナは目を丸くした。

ルミナももちろん、昨今の道具袋がどういうものなのか知っている。魔道具になっており、見た目以上に大きなものが入るのだ。

バーニィは冒険者である。ダンジョンに潜り、魔獣の素材を持ち帰るためにそういう道具袋を使っていても不思議ではない。

ただ、店内で出すのを躊躇《ためら》う大きさというのが、ちょっと理解できない。いったいどれだけの素材をどれほど持ち込んだのか問いたい。問い詰めたい。

そもそも店内も、そこまで狭い場所ではないのだ。

よくある古《いにしえ》の薬草店みたいに、入ってすぐにガラスのケースがあって壁も棚で埋まっているわけでもない。客の要望を聞くための商談スペースを設けられるほどの広さはある。今いる場所がまさにそこだ。

それでもバーニィが「外で出した方がいい」と判断するとなると、ちょっとした薪《まき》小屋《ごや》くらいの大きさがあるということだろうか。

そんな馬鹿な――と思いはするものの、バーニィが外に出て行ってしまったので、ルミナも後をついて行くしかなかった。

「あっ、あの、お持ちいただいた素材って――」

と、ルミナが問いただす暇もない。バーニィは腰から下げていた道具袋を手に取ると、逆さまにひっくり返して中身を取り出した。

ズズン！　と重々しい音を響かせて、ルミナの目の前に現れたのは、まさに薪小屋くらいの大きさはあろうかという甲羅だった。

「なっ、なんですかこれ!?」

「タートルドラゴンの甲羅なんだけれど……見たことはない？」

「い、いやぁ～……」

ルミナとて、宮廷魔道士として魔道具開発に従事していた身だ。比較的希少と言われる素材も、ある程度は目にしたことがある。

ただ、どれもこれもほとんどが適度な大きさに加工されていた。獲《と》れたてホヤホヤの未加工品を見るなんて初めてのことだった。

「素材はこれでお願いしたい」

「いや、あの……ご要望は両手剣を二振りですよね？　いくらなんでも、こんな大量には必要ないですよ……」

「余ったら君にあげるよ。ただ……できれば生半可なことでは折れない剣にしてほしいんだよね」

「うーん……」

どうやらバーニィは〝折れないこと〟に一番のこだわりを持っているようだ。武器が折れたことで、よほど悔しい思いをしたに違いない。

それならば、確かにタートルドラゴンの甲羅は一番理想的な素材かもしれない。そのままでも硬い素材として知られているからだ。

今回のように武器の素材として使ったり、他にも馬車の車軸や船の金具、建材など、一般的に〝壊れては困る〟ような場所に使われている。

なので、切り出して剣の形に加工するだけでも、そこいらのナマクラ剣以上の硬い剣にはなるだろう――が。

（求めてるのは、そういうことじゃないわよねぇ……）

おそらく、必要なのはタートルドラゴンの甲羅さえ切り裂ける高強度の剣。それこそ伝説の金属オリハルコンさえ一刀両断できてしまうような、そういうものを求めているに違いない。

（けど、さすがにタートルドラゴンの甲羅で〝折れない剣〟を作るのは無理よね……）

「方法はございます」

悩むルミナの脳内に、突然声が聞こえた。思わず悲鳴を上げそうになったが、さすがに二度目なのでグッと堪えることができた。

（いきなり話しかけるのはやめて！　びっくりしちゃうから……）

「これは申し訳ございません」

（ともかく、話は後で聞くけど……できるってことでいいのよね？）

「はい」

バルカンが自信を持って頷くということは、強度を上げる加工方法があるということなのだろう。そこに疑いはない。

そういうことなら――。

「わかりました。ご要望に応じられるよう、精一杯頑張らせていただきます」

「よろしく頼むよ。それで、どのくらいの期間でできそうかな？」

「そうですね……」

通常の鍛造《たんぞう》技術を使って武器を作るなら二十日くらい掛かるが、ルミナは製造魔法が使える。普通の民家を店舗に改修するのに一日も掛からなかったことを思えば、それこそ一瞬で完成しそうだ。

ただ、今回はバーニィ専用の剣の製作である。重量のバランスや大きさ、デザインの好みなどもちゃんと聞き取り、取り入れなければならない。

そこにどれだけ時間が掛かるか――というところだろう。

「ひとまず、試作品を製作しまして……そこからバーニィさんが納得できる調整をするので、それ次第でしょうか」

「それって、試作品ならすぐにできるってことかい？」

「ええ、まぁ」

「……良ければ、製作するところも見学させてもらえないかな？」

「えっ？」

　まさかそんなことを言われるとは、予想もしていなかった。

　ルミナとしては、見られるのは別に構わない。ただ、人によっては秘伝だなんだと見せたがらない人もいる。

　そういえば――と、ルミナは宮廷魔道士の頃を思い出した。どうやら物作りをしない人にしてみれば、実際に作業しているところはとても興味深いものらしい。

　バーニィもそのタイプなのだろうか。

　そうでなかったとしても、自分が依頼した品が作られていく工程というのは気になるのかもしれない。

　ただ、以前ならともかく、今は物作りを製造魔法で行う。一瞬で済む作業となってしまった。

　製造過程を楽しみたいと言うのなら、ちょっと期待に添うことはできそうにない。

「見ていても、楽しいものじゃないと思いますけど……」

　だからルミナはやんわり断ってみたのだが、それでもバーニィは「邪魔はしないから」と引かなかった。

そういうことなら、それでもいいかとルミナは受け入れた。

どちらにしろ、試作品を作ったら実際に手に取ってもらい、全体的なバランスや手の馴染み具合を確かめてもらう必要がある。その度にいちいち呼び出すのも大変だし、ここに居ると言うのなら居てもらった方が助かるのも事実だ。

「それじゃあ、ゆっくり見ていてください。すぐに試作品を……あ、でもその前に、甲羅をここに置いておくわけにもいきませんね……」

このままの大きさでは地下倉庫を改良した作業場にも運べない。かといって、単に形を変えただけでは重すぎる。

幾つかの小さなインゴットの形にするのがベストだろう。

「起動《ウエイクアップ》」

なので、ルミナは早速製造魔法を使って作り替えることにした。

「接続《エンゲージ》、火霊《サラマンダー》。加工開始《クラフト・スタート》」

ルミナが製造魔法を発動させると、タートルドラゴンの甲羅がほのかに発光し始めた。光は徐々に強まり、ついには直視できないほどの強烈な光となって、まるで太陽の輝きかのような眩《まばゆ》さを放つ。

かといって、火傷《やけど》するような熱は感じない。火の精霊サラマンダーの力で、発生した熱のすべてがタートルドラゴンの甲羅に注がれているからだ。

ほどなくして光が消えると、タートルドラゴンの甲羅は数百個のインゴットに姿を変えていた。

「ふぅ」

「ちょっ、ちょっと待ってくれ！」

無事にインゴットの製作が成功して安堵《あんど》のため息をこぼすルミナに、バーニィが混乱した声と面持ちで話しかけてきた。

「な、なんですか？」

「今のは？　いったい何をしたんだ!?　一瞬でタートルドラゴンの甲羅が数百個のインゴットになったんだが!?」

「あぁ……えっと、今のは製造魔法と言って……あれです、精霊魔法です」

「精霊魔法だって!?」

バーニィが殊更驚くのも無理はない。

精霊魔法は攻撃にも防御にも、日常の些細《ささい》な支援を行う生活魔法にも、不適切な魔法だと言われている。自由奔放な精霊を使役することは人間には不可能であり、精霊が人の手助けをすることなんてあり得ない——というのが、現代における精霊魔法の常識だ。

それが、こうして人の命令に応じてタートルドラゴンの甲羅をインゴットに変えてくれた。精霊が人の言うことを聞いたように、バーニィの目には映っていた。

天地がひっくり返るような驚きを感じたのだ。

実際は、精霊が人の言うことを聞いたわけではない。

人が――ルミナが思い描いたイメージを受け取って「面白そう」と感じてくれたから作っただけなのだが、そんなことは見ている分にはわからないだろう。

「いったい、どうやって精霊に言うことを聞かせてるんだ……？」

だからバーニィは、ルミナにそんな質問をしていた。

「あ、精霊魔法のことはご存じなんですね」

バーニィが魔法を使わない前衛職なのは、見た目からしても一目瞭然だ。どの分野でもそうだが、自分の専門以外の知識は割と乏しい。

それなのに、精霊魔法の特性というものをよく知っている。ルミナはちょっと感心してしまった。

「ええとですね、私も最近まで知らなかったんですが、精霊は壊すより作る方が好きなんです」

「……というと？」

「ほら、万物は四大精霊が礎となって象《かたど》られているじゃないですか。それを破壊するという行為は、精霊にとって自傷行為に等しいんです。だから精霊は攻撃に手を貸すことがほとんどありません。逆に、何かを新しく作りだそうとする行為には、積極的に手を貸してくれるみたいなんです」

ルミナがその知識を得たのも、バルカンから製造魔法を授けられた時だ。製造魔法の実際の発動方法とともに、その基礎原理も頭の中に入ってきている。

今こうしてバーニィへ得意げに説明しているが、ルミナ自身も目から鱗な話だった。

「精霊魔法がそういうものだなんて、聞いたこともないぞ……？　それが精霊魔法の真髄ってことなのか？」

「えっ？　い、いやぁ～……どうなんでしょ……」

ルミナとて、製造魔法はバルカンから急に授けられたものに過ぎない。それなのに精霊魔法の真髄かどうかなどと聞かれても、「はい」とも「いいえ」とも答えにくかった。

「そもそも君は、元宮廷魔道士と言っていたけど……それほどの技術があって、なんで辞めてカナル村に――」

「ちょっ、ちょっと待ってください！」

製造魔法を見せただけなのに、何やらバーニィの興味を強く惹いてしまったようで、矢継ぎ早にあれこれ質問が飛んできた。

けれど、ルミナに答えられることは少ない。バルカンのことは口外しない方がいいのは間違いないが、もしかすると製造魔法もその類いだったのだろうか。

確かに画期的だと思うが、所詮は技術の一つだ。バルカンの存在はともかく、広い世界のどこかでは、精霊魔法の正しい使い方として、オルタナ王国以外の国なら実は一般的だったとかかもしれない。

そう思っていたのだ。

「製造魔法って、そこまで珍しいんですか？」

バーニィは冒険者だ。ルミナよりも広い世界を知っているだろうし、足を踏み入れた地域も国内だけにとどまらないと思っている。

だから聞いてみたのだが、返ってきたのは「初めて見た」とのこと。

バルカンから伝授された製造魔法は、どうやら世界的に見ても本当に失伝した太古の技術だったようだ。

今後、暇があったら論文にまとめて世に発表するべきかもしれない。それだけで食べていくことができそうだ。

「とっ、ともかく今は、バーニィさんの剣を製作することが先なので……質問は、また今度で……はははは……」

乾いた笑いでバーニィからの質問を打ち切り、ルミナは早速両手剣の製作に取りかかることにした。

（バルカン）

「ここに」

ルミナが心で呼びかければ、すぐにバルカンが現れた。やはり他の人には見えていないのか、突然現れたのにバーニィは無反応だ。

（早速、両手剣を作ろうと思うんだけど……強度を上げるにはどうすればいいの？）

「一般的には、甲羅と同系統の他の素材と混ぜ合わせることです」

（えっ？）

タートルドラゴンの甲羅と同系統の素材を混ぜ合わせると言われても、ここにそんな素材は存在しない。

（じゃあ、今は無理ってことじゃない。どうするのよ？）

「ご安心ください。お客様のご要望は硬い剣ではございません。〝折れない剣〟でございます。なので、この一品は如何でしょうか」

バルカンの指先がルミナの額に触れる。直後に流れてくる、完成された両手剣のイメージ。その性能にルミナは一瞬、表情をこわばらせた。

（こんなの、ホントに作れるの!?）

「もちろんでございます」

バルカンが、自信満々に頷いた。

「このバルカン、なにゆえに自我を有しておりますかと言えば、万が一にも『作れない』という事態を回避するため。ご主人様が所持している素材と習得されている技術を理解し、ご要望に過不足のない最適な一品をお伝えするためでございます」

(な、なるほど……?)

それで納得していいのかわからないが、そこまで自信たっぷりに断言するのであれば、このタートルドラゴンの甲羅と製造魔法を使って作り出せる品なのだろう。

そう信じることにした。

「じゃあ、ええっと……」

試作で作り、今は冒険者ギルドに飾られている剣と違い、今回は両手で握る大型の剣だ。刀身だけでなく、鍔《つば》や握り部分も一体になっていた方が壊れにくい。

そうなると、使うインゴットの数は一振りに対して五個といったところだろうか。

「起動」

持ち出した五個のインゴットの前で、ルミナは呪文の詠唱を開始する。

これから作る両手剣は、細部に至るまでしっかりと思い描くことができている。ただ、原理が複雑なので気は抜けない。

「接続、火霊。加工開始」

積まれた五個のインゴットがほのかに発光したかと思えば、まばゆい光に包まれて一塊となる。サナギの中で芋虫が蝶《ちょう》に変態するかのように、タートルドラゴンの甲羅から作られたインゴットは、さらなる姿に変貌した。

百五十センチを超える長大な刃を持つ両手剣だ。

先端から根元に向かってハの字の形に広がる刀身。一番幅が広いところは、広げたルミナの手のひら以上はあるだろう。

鍔は簡略化された二対の翼のようなデザインとなっており、グリップもバーニィが両手で持つのに十分な長さを確保してある。

出来映えとしては、まずまずといったところだろうか。

「ひとまずこれで……おっ、おも……っ!?」

完成した両手剣を持ち上げようとしたら、想像以上に重くて腰を痛めそうになった。本来の甲羅から数百個のインゴットに変えたとはいえ、インゴット一つでも相当な重さがある。それを五個も使って作り上げた両手剣なのだから、ルミナが持ち上げられないのも当然だ。

そんなルミナの横から伸びてきた手が、両手剣を持ち上げた。バーニィの手だ。

「これは……」

常日頃から両手剣を扱っているだけあって、持つだけなら片手で十分なようだ。吟味するように、あらゆる角度から両手剣を眺めている。

「かなりのものだね。前まで使っていた両手剣もそれなりの名剣ではあったんだけど、それに勝るとも劣らないよ」

「それは良かったです。全体のバランスはどうですか？」

「そう、だね……」

バーニィは改めて両手で握り、実践さながらに剣を振り回した。その流麗な動きは止《とど》まることはなく、大ぶりの刃が短剣を振り回しているかのように速く鋭い。

「うん……悪くはない、かな。ちょっとバランスが刀身寄りに感じる。もうちょっとグリップの方を重くしてもらいたいかも。刀身も、もう少し短い方が好みかな」

「承知しました。では、そのように調整しますね」

「あとは靭性《じんせい》と強度だけど……」

「あ、じゃあ試し斬りしてみますか」

そう言って、ルミナは余っているインゴットを十段ほど積み上げた。

「え、それを斬れって言うのかい？」

さすがにバーニィでもわかる。

タートルドラゴンの甲羅から作られた剣で、タートルドラゴンの甲羅から作ったインゴットを斬るのは無茶が過ぎる。剣を振り下ろす勢いで数個は叩き割れるだろうが、全部は無理だ。途中で剣の方が折れるだろう。

「そちらの剣は試作品なので。折れてしまっても大丈夫です。……というか、私もちゃんとできてるか確かめたいので……」

「……どういうこと？」

「あ、いえ！　とりあえず、試し斬りをお願いします」

「わ、わかった」

なんだか押し切られた気分だが、確かに試し斬りはしておく必要がある。

バーニィ自身、自分の腕なら勢いと角度で同じ硬度の素材なら斬ることはできると思っている。三段目か四段目くらいまでならいけるだろう。

ただ、これは剣そのものの強度を確かめる試し斬りだ。下手な小細工はせず、ただ剣とインゴットの塊をぶつけ合う方がよさそうだ。

「……では」

バーニィは両手剣を振り上げ、積み上げられたインゴットの真上に勢いそのままに振り下ろした。

「――――ッ！」

振り下ろした刃は、十段に積み上げられたインゴットを何の抵抗もなく両断し、さらには地面をも切り裂いて食い込んだ。

あまりに異常すぎる切れ味に、バーニィは声も出ない。

「ああ、良かった。ちゃんと出来てますね！」

対してルミナは、自分が作った剣の出来映えに声を弾ませた。

「ちょっ、ちょっと待ってくれ！」

そんなルミナの弾んだ声に、バーニィは我に返ったらしい。

さすがに今の切れ味は異常すぎる。タートルドラゴンの甲羅という高強度の素材を使っているにしても、同じ素材のインゴットをなんの抵抗もなく切り裂くなんて、絶対に有り得ない。

「いったいどうなってるんだ？　こっちはただ、剣を振り下ろしただけだぞ!?」

「ああ、ええと……どこから説明したらわかりやすいかな……」

少し考えて、ルミナは結論——というか、仕組みから話した方がわかりやすいと結論づけた。

「その両手剣は、魔道具なんです。使用者の魔力を使って切れ味を増しています」

「魔道具だって!?」

「グリップのところに呪文が刻印されているのがわかりますか？　両手で握ることで使用者の魔力を取り込み、切れ味を増す魔法回路を組み込んでいるんです」

バーニィから依頼された〝折れない剣〟という要望に対し、ルミナの——というよりバルカンの出した答えは、「折れる前に斬ってしまう剣」という、発想を逆転させたものだった。

刃が折れるのは、斬り付けた対象に刃が通らず、衝撃が刀身に跳ね返って来るからだ。ならば、必ず刃が通る剣にすれば刀身に跳ね返ってくる衝撃はなくなり、そうそう滅多なことでは折れない剣になる──と考えたのだった。

「切れ味を増しているのは、バーニィさん自身の魔力なので……ちょっと疲れやすくなってしまうかと思いますが、そこまで大量に魔力を消費するものじゃないので、大丈夫かと思います」

「それじゃ君は……魔剣を作り出したって言うのか？」

「魔剣？」

ルミナは別に、魔剣を作り出したつもりはない。そもそも魔剣とは、剣それ自体が魔力を生成し、使用者の魔力に関係なく効果を発揮するものである。

その点、ルミナが作り出した剣は使用者の魔力を消費することで切れ味増強の魔法効果を発揮する。

たとえるならば、魔法使いが術の効果を強化する杖《つえ》とかに近いものだ。

ただ、その考え方は魔道具を作る職人や、それこそ宮廷魔道士みたいな専門家による区分だ。一般的には違いがないのかもしれない。

「本物の魔剣と同じに思っていただけるのは光栄ですけど、使用者が手に取らないと効果を発揮しませんから、やっぱり区分けとしては魔道具ですよ。本物は……もっと凄いんじゃないですか？」

「それでもこれは画期的だよ。これほどの技術を持つ職人が宮廷魔道士を辞めてしまうとは……王国にとって大きな損失だったんじゃないか？」

「えっ？　あー……ははは……そ、そうですかね～……？」

そう言ってもらえるのは嬉《うれ》しいが、実際のところはクビになっただけである。おまけに、バーニィが誉《ほ》めてくれた両手剣のアイデアや製造魔法も、結局はバルカンから授けられたものだ。

とてもじゃないが、胸を張って自慢できるところがどこにもない。

ルミナはそう思っている。

「……宮廷魔道士だった頃に、何かあったのかい？」

そんなルミナの胸の内を知ってか知らずか、それとも煮え切らない態度から何かを感じ取ったのか、バーニィが不審な顔をして聞いてくる。

「いえそんな、これといって別に……」

これ以上、下手に突っ込まれると、自分がクビになった情けない話を暴露しなければいけなくなりそうだ。

「ま、まぁ、私のことはいいじゃないですか。それより、剣は最終調整をして、遅くても明後日《あさって》までには完成させておきます。日を改めて、またご来店いただけますか？」

だからルミナは、仕事のことを理由に会話を強引に打ち切った。

「ああ、そうだね。それでお願いするよ」

なんとか話の流れを仕事の話に戻し、その後、二人は細かな製作費やら保証の話やらを詰めていった。

＊　＊　＊

ヘイラー・クラフトショップを後にしてバーニィが宿に戻ると、三人の仲間たちが冒険者ギルドへの報告を終えたらしく、一階の食堂で食事を取っていた。

「戻ってたのか」

バーニィがそんな言葉で声を掛けると、仲間たちが一様に難しい表情を浮かべていることに気づいた。

どうやら、楽しい食事の時間にはなっていないらしい。

「どうしたんだ？」

「少しばかり、マズい状況ということがわかった」

三人を代表して、パエオンが重々しく口を開いた。

どうやら、階層を越えてせり上がってきている魔獣と遭遇したのは、白銀の風切羽だけではなかったようだ。他でも、三階層で四階層に出現するはずのグリフォンを見たとか、二階層で五階層のヒュドラの脱皮した皮を見つけたといった報告が、冒険者ギルドにはいくつも届いていた。

「下の階層から魔獣が押し上げられている事態というのは間違いない。魔獣が溢れ出すのも時間の問題だろう」

「ギルドでの対策方針は？」

席について続きを促してみれば、パエオンは深々とため息をついてから口を開いた。

「本日付で二階層以下への侵出は当面禁止。上位ランク冒険者パーティで二階層までの魔獣を掃討した後、同盟《アライアンス》を組んで下層に挑み、魔獣の異常侵出の原因を突き止める――だそうだ」

「……雑だな」

それが、冒険者ギルドの打ち出した方針に対するバーニィの率直な感想だった。

そもそも、ダンジョンの魔獣を一匹残らず掃討できるかどうかという問題があるし、何よりダンジョンの深さが判明していない。どれだけ潜れば〝原因〟とやらにたどり着けるのか、アテはあるのだろうか。

「それには僕らも参加するのか？」

「それは無理だって断った。おまえの武器がないからな」

ラヴィンがそう判断してくれたのは有り難い。

武器がないのはその通りだし、何より、ギルドの雑な作戦では被害を抑えることなどできそうにもないと、バーニィは思ったからだ。

「ま、何もしねぇわけにゃいかねぇんだろ。冒険者ギルドとしてもな」

ラヴィンが斜に構えたことを言うが、あながち間違っていないのも困りものだ。

何もせずに傍観していても、万が一の事態が起きたときに責任を追及されるのは冒険者ギルドだ。その際に「やってました」という実績を作っておきたい。

そんな考えが透けて見える。

「ギルドの方針に逆らうつもりはないが……その作戦に対応できるだけの冒険者が集まるのか？」

「どうだろうな」

答えたパエオンの返答は、どこか他人事《ひとごと》だ。興味が無いというよりも、やるなら勝手にやれ、という突き放したような感じだった。

「結局のところ、ギルドは対処したという実績が欲しいだけだ。結果が伴わなくとも

「問題ないのだろう」

「それでは無駄死にが出るだけだ。下手をすれば、この村が魔獣に蹂躙《じゅうりん》されて――」

「そんな心配をする前に、だ」

バーニィの言葉を遮って、ラヴィンが口を開いた。

「壊れた武器の調達はどうなったんだ？　時間がかかるようなら、妥協してでも手に入れてもらわなきゃ困るぜ」

「ああ、そうだった。本当はそっちの話をしたかったんだよ」

バーニィとしては、カナル・ダンジョンの異変より、数奇な縁で出会った凄腕の職人について皆と情報を共有したかった。

特に、製造魔法というこれまで聞いたこともなかった精霊魔法の新たな技術については、系統は違えども同じ魔道士であるリリィの知見を是非とも聞いてみたい。

だからバーニィは、ヘイラー・クラフトショップでの出来事をつぶさに話した。

「――というわけで、明後日にはできあがるそうだ」

「…………」

そうして返ってきた三人からの反応は、皆一様にポカンとしていた。パエオンはフードをかぶっているので表情を読み取れないが、動きが止まっているので他の二人と同じ心境なのだろう。

「おいおい……マジで言ってるのか？」

真っ先に口を開いたのはラヴィンだ。案の定、まったく信じられないとばかりに否定的な言葉が飛び出している。

「精霊魔法だろ？　まったく使い物にならない欠陥魔法じゃねぇか。そもそも、精霊が人のために動くとか信じられねぇよ。なぁ？」

「あたしとしては、興味深いわね」

かなり否定的な態度のラヴィンと違い、リリィは端《はな》からバーニィの話を疑っているわけではなさそうだった。

「他国との戦争も落ち着いた現代だと、魔法は日常生活を豊かにする側面も強くなってるわ。けど、もともと魔法は戦闘にこそ使われるものなのよ。その点から言えば、自我を持つ〝精霊〟って存在の力を借りる精霊魔法は不安定で使いにくかったってわけ。だから使い手は激減してるし、ロクな研究さえされていない」

でも――と、リリィは話を続ける。

「破壊ではなく創造の方なら精霊は力を貸してくれるっていうのは……興味深いし、有り得ない話じゃないわね」

「おまえがそう言うってこたぁ……マジなのか？」

リリィの評価に、ラヴィンも否定的な態度から懐疑的といったくらいには、バーニィの話を少しは受け入れたようだ。

「武器が完成するのは明後日だっけ？　その時、あたしも一緒についてっていいかしら？　精霊魔法をそんな風に使う魔道士に興味があるわ」

それはつまり、明後日は一緒にヘイラー・クラフトショップに行きたいということだ。

「そうしてもらいたいが、リリィとラヴィンには王都に行ってきてもらいたい」

「……あ？　なんでだ？」

バーニィからの指示に、二人はわずかに不満そうな表情を浮かべてみせた。

「カナル・ダンジョンの件を報告してきてもらいたいんだよ」

「てかそれ、応援連れてこいってこと？」

「ま、そういうこと」

「嫌なんですけど、割と本気で」

しかめっ面を見せるリリィだが、バーニィは気にせずニヤリと笑みを浮かべた。

「そもそも、職人のルミナさんは元宮廷魔道士だったらしいよ。どうも、何か一悶《ひともん》着《ちゃく》があったっぽいね」

そういう発言があったわけではないが、ルミナの態度を見ていればそうなのだろうとバーニィはしっかりと見抜いている。

「はぁ!?」

そんなバーニィからの付け足すような一言に、リリィがたちまち柳眉を逆立てた。

「精霊魔法に新たな可能性を見いだした魔道士を、宮廷魔道士団は軽々に手放したってこと?」

「そのあたりも確認してもらいたいと思ってる」

「……ったく」

それが、リリィに対する説得になったらしい。座っていた椅子を撥《は》ね飛ばすような勢いで立ち上がった。

「ラヴィン、行くわよ」

「は? 今からかよ!?」

冗談だろう? とでも言いたげなラヴィンだが、どうやら冗談ではないようだ。立ち上がったリリィは、荒々しく足音を響かせながら宿屋から出て行ってしまった。

「はぁ〜……まったく」

こうなると、ラヴィンの文句はリリィに届かない。諦めたようなため息をついて、渋々といった具合に後を追いかけていった。

「さて、パエオン。残った僕たちは、二人が帰ってくるまで待機しておこう。どっちみち、僕の武器が仕上がるのが明後日ということだし、それまで何もできないからね」

「それは構わないが、武器を受け取りに行くときは私も一緒に行かせてもらおう」

「え？」

パエオンからの提案は、バーニィが予想していなかったものだった。

もともと、ダンジョンに潜らないプライベートな時間はメンバーそれぞれ思い思いに過ごしており、一緒に行動することは少ない。特にパエオンは、どこで何をしているのかわからないほど姿を消している。

今回もそうなると思っていたのだが、そうはならなかった。

「そんな風に言ってくるなんて珍しいな。さすがの君でも、製造魔法に興味があるのかい？」

「そうだな……」

バーニィのからかい混じりの言葉に素直に頷き、パエオンは自分が言うべき言葉を探すように、しばし沈黙してから、一言。

「私の記憶に間違いがなければ、我々が抱えている問題を一つ、解決できるかもしれない」

「うん？」

よくわからないパエオンの言葉に、バーニィは首を傾げることしかできなかった。

第三話　無限の宝物庫

バーニィからの依頼は、ルミナが故郷の村で職人としての最初の一歩となる大事な初仕事なのだが、想像以上に楽で簡単に終わってしまった。

それもこれも、製造魔法《クラフトマギア》とバルカンの知識があってこそである。

依頼人の要望に応える最適な品はバルカンの知識ですぐに導き出せたし、実際の作業段階になっても製造魔法のおかげで精霊にお任せして完成してしまった。

それでいて、報酬としては金貨百枚に余ったタートルドラゴンの甲羅という破格のものだ。

とても有り難いし、これで当面の生活は安定するだろう。けれど、思った以上に簡単で楽だったこともあり、わずかながら罪悪感もある。

とは言っても、無償で奉仕したいわけでもないのだ。

お金がなければお腹《なか》が空《す》いてもご飯が食べられないし、生活用品も買えやしない。年に一度は税金も納めなければならない。

普段の生活がままならなくなる。

だから然《しか》るべき報酬は受け取らせてもらうのだが、それでも今回の報酬は、なんともバランスが悪かった。労働の苦労に対して〝貰《もら》いすぎ〟と感じている。

楽をして稼げるならそれでいい――という考え方はわかるし、ルミナもそう思う時もある。ただ、そのバランスが傾きすぎると、どうしたって居心地が悪い。

良くも悪くもルミナは小心者だった。

なので、少しでも罪悪感を減らすため、少しサービスをしておこうと考えた。

具体的には二つ。

一つは、依頼された武器に付与する魔法を、切れ味が良くなるものから魔力で覆うものに変更しておいた。そうすることで、切れ味を維持したまま側面からの衝撃にも強くなるようになった。

そしてもう一つは、予備の剣をもう一本作ることにした。

両手剣ではない。佩用《はいよう》できる剣だ。いざというときのお守り代わりに使ってもらえたら嬉しいな、という程度のものである。

そんな感じの商品を一通り揃えるのも、ほぼ一日でできてしまった。

そして、翌日。

朝起きて開店の準備を終え、そのまま客も来なくて昼となり、昼食を食べている時に、入り口のドアベルがカランカランと鳴った。

「いらっしゃいま、せ～……？」

店内に入ってきたのは、本日商品の引き渡しを約束していたバーニィだった。それだけなら問題ないのだが、そんなバーニィと一緒に目深にフードをかぶったもう一人の来客に、ルミナは少し戸惑った。

「こんにちは。依頼していた剣を受け取りに来たんだけど……ああ、こっちは僕のパーティメンバーの一人で──」

「パエオン・ローと申します。……ああ、やはり……」

バーニィの言葉を継いで自己紹介をするパエオンが、フードの奥からルミナを見て独りごちた。

「……え？　っと……何か？」

小声でよく聞き取れなかったのでルミナは聞き返すが、パエオンは「いや、なんでもない」と誤魔化した。

「先に、彼へ完成した武器を渡してほしい」

「あ、はい。ええと、ではこちらへ」

そう言って、ルミナは二人を地下の工房へと案内した。というのも、完成したバーニィの剣はルミナが運ぶには重すぎて、下手に動かせなかったためだ。

そんな地下の工房は、宮廷魔道士時代の作業場を参考にして構築してある。

作業台や工具類は、もともと地下倉庫として使っていた頃に放置されていた家具を素材に、製造魔法で作り直したものだった。

　そんな作業台の上には、白い大剣と黒い大剣が一振りずつ。そして、まるで作りかけのように見える片手剣の柄が一つ置いてあった。

「一振りは予備とのことでしたので、カラーリングを変更しています。見た目が同じでは混同するかなと思いまして。それ以外の性能は同じにしてありますから、お好きな方をメインとしてお使いください」

　そんな風にルミナが説明している間にも、バーニィは白い大剣を手に取っていた。

　一昨日に握った試作品とは段違いの出来映えだった。

　まず、握り手のグリップ部分が手への負担を減らすよう革で加工されている。それもただの革ではなく、魔力伝導率の高い魔獣の革が使われていた。魔法回路はグリップに刻印されているらしいが、これなら革を通して魔力も通るだろう。

　また、剣そのものも鋳造加工ではなく鍛造加工で作られているようだ。密度が試作品とは段違いだし、何より刃の鋭さが違う。刃の真上に何気なく紙を落としただけでも斬れそうだ。

　そして一番の違いは、剣を両手で握った時だ。

　ブゥ……ン、と剣全体がほのかに輝きだした。

「この輝きは……？　前の試作品は、こんな光らなかったけれど……？」

「魔法の効果を変更させていただきました。切れ味を増す魔法では、刃の部分はともかく、側面からの衝撃に弱いと思って……。なので、剣全体を魔力でコーティングするように変更しています」

「剣全体をコーティング!?」

「ちゃんと切れ味は試作品と同じくらいになってますから、ご安心ください。消費魔力も、そう変わらないはずですよ」

確かに、剣を握っていても魔力が吸い取られて疲れる——といった感覚はない。

逆を言えば、それだけ緻密な魔力制御の魔法回路も組み込まれているということなのだろう。

「これは……想像以上の逸品だな……」

さすがのバーニィでも、それ以上の言葉が出てこない。

仕組みは確かに現代の魔法技術で構築しているのかもしれないが、その出来映えは勇者時代の秘宝のようだ。

「あっ、そうそう。あと、これはオマケなんですけど……」

バーニィが両手剣の出来映えに惚《ほ》れ惚《ぼ》れとしている横で、ルミナは同じ作業台の上に置いてあった柄を手に取った。

「両手剣が使えない時の護身用として、こちらをどうぞ」

「え？　っと……柄しかないようだけれど？」

ルミナが差し出した剣の柄を、バーニィは受け取った。

「握ってみてください」

やはり、刃のない剣の柄だ。

ただ、柄だけではあるが、手に馴染む丁度いい大きさだった。

「そのまま、魔力を柄に流し込むようにしてみてください」

そして、言われるままに柄を握る手に魔力を送る。といっても、バーニィは魔力の扱いに慣れているわけではない。

その昔、パーティメンバーの魔道士であるリリィから、魔力の流し方というものを聞いたことがある。最初のうちは、魔力そのものを感じ取れなくても〝魔力が流れているイメージ〟というものを思い描くのが大事だと言っていた。

その言葉通りに、柄を握る手のひらに魔力が流れている様を思い描いてみた。

直後、柄だけの剣に黄金色に輝く刀身が現れた。

「あ、ちゃんと出来ましたね。良かったぁ」

心底安心したようにルミナが安堵のため息をこぼす。

「こ、これは……！」

そんな安堵するルミナとは対照的に、バーニィは声にならない驚きの声をあげた。

「ご依頼いただいた両手剣に施した魔法回路が、魔力で剣をコーティングするのはご説明した通りです。ですが、刀身がなくても魔法自体は発動するんですよ。それがこの刀身の正体です」

「僕は魔法なんて使えないんだが……」

「魔法が使えなくても、魔力は保有量の大小はあれど、誰もが有しています。その魔力に反応して起動するのが魔道具じゃないですか。誰でも使えるのは当然です」

そんなルミナの説明で納得しそうになったが、バーニィは「いやいやいや」と頭を横に振った。

この剣は魔力で刀身を作っている。つまりその間、ずっと魔力を消費し続けているはずだ。

その点で言えば、依頼した両手剣も同じである。刀身をコーティングするだけなので、そこまで大量に魔力を消費しないのかもしれない。

だがこの剣——仮に魔力剣と名付けるが——は使用者の魔力で、目に見える形での刀身を維持し続けている。

どう考えても、依頼した両手剣より消費する魔力の量は多くなるはずだ。なのに、魔法が使えないバーニィでも刀身を出現させることができている。

その理屈がよくわからない。

「ちょっと貸してくれ」

困惑しきりのバーニィから、パエオンが魔力剣を手に取った。話を聞いていたので、パエオンも使い方はわかっているようだった。

だからなのか、パエオンが魔力を流し込んでみると、バーニィよりも長く大きい刀身となった。

「……なるほどな」

独りごち、パエオンは刀身を消して柄をバーニィに戻した。

「これには魔石が組み込まれている。それが、足りない魔力を補っているようだ。だからこそ魔力の扱いに慣れている私が握ると、刀身が長く大きくなったわけだ。流し込む魔力の量が、そのまま刀身の強度と切れ味になるのだろう」

パエオンの説明に、目を丸くしたのはルミナだった。

「よくお分かりになりましたね！」

「昔、これと似たようなものを見たことがある」

「え……？」

ルミナが首を傾げると、パエオンはフードに手を掛けて取り去った。

食事の時さえも頑《かたく》なに脱がなかったフードを取り去ると、現れたのは長い金色の髪に長い耳。切れ長の瞳は射るようにルミナへ注がれていた。

「……エルフだ……」

思わず、といった具合にルミナの口から言葉がこぼれ落ちた。

ルミナがエルフ――というよりも、異種族を実際に目にしたのは、これが初めてのことだった。そもそも、エルフは魔王が世界に暗い影を落としていた時代に滅んだと言われている。

長命種でもあるエルフはもともとの個体数が少なく、しかし、強大な魔法を自在に操ることができたという。その強大な魔法技術があったからこそ、脅威に感じた魔王が自らの手で根絶やしにしたそうだ。

「いいのか、パエオン？」

「顔を晒《さら》すことか？　見せるべき相手は心得ているよ」

バーニィの心配を他所に、パエオンは事もなげに言い切った。

別の言い方をすれば、パエオンはルミナに自らの正体を明かすべきだと判断したらしい。

その理由が、ルミナはまったくわかっていなかった。

「お嬢さん、改めて名を尋ねてもいいかな？」

「ルミナ……シンフォニアです、けれど……」

「シンフォニア……店名はヘイラー・クラフトショップと聞いているが、どうしてその名を？　最近開業したばかりなのだろう？」

「え？　あー……それは、えっと、ご先祖様の家名が、ヘイラーだったと聞いたので……その名にあやかろうかと……」

「……なるほど。ならば貴女《あなた》が正しく受け継いだというわけか」

まっすぐルミナを見ていたパエオンの視線が、ふと横に逸《そ》れる。

「そういうことでいいんだな、バルカン」

パエオンの口から、決して知っているはずのない名が飛び出した。

「……これはこれは」

音もなく現れたバルカンが、まっすぐにパエオンへ向かう。

パエオンの視線は、確かにバルカンの姿を捉えていた。

「長らくご無沙汰しております、パエオン様」

「……相変わらず仰々しい奴《やつ》め……」

腰を折って頭《こうべ》を垂れるバルカンを前に、パエオンが呆れたような表情を見せている。

やはり、しっかりとこの二人の間でコミュニケーションが取れているようだ。

「え？　え？　え？　なんで……？」

だからこそ解せないとばかりに、ルミナは戸惑った。

バルカンの姿は、契約している人物にしか見えないと本人が言っていた。なのに、パエオンに見えているのでは話が違う。

「あなたの姿は、私にしか見えないんじゃ……?」

「おっと、これは言葉足らずでございました。申し訳ございません。正確には、大魔導図鑑アーカーシャとその分冊と契約した者のみ——ということでございます」

バルカンは、万物の叡智を記録した大魔導図鑑アーカーシャから、道具の知識を編《へん》纂《さん》して誕生した魔導書である。

となれば、道具の知識以外の情報を編纂した魔導書もある——ということだ。

「って、ことは……?」

ちらりとパエオンに目を向ければ、小さく頷いた。

「私は医学の智を編纂した魔導書アスクレピオスを所有している」

答えたパエオンの左肩に、光の粒子を溢れさせている妖精のような姿をした何かが見えた。それがアスクレピオスなのだろう。

それでルミナは納得した。

ジャンルが医学というのはともかく、パエオンもバルカンと同じようなアーカーシャの一篇《いっぺん》を所持しているというのは、真実のようだ。

「なぁ……いったいなんの話をしているんだ……?」

この中で唯一、大魔導図鑑アーカーシャのことも、編纂された一篇も持っていないであろうバーニィが、一連の話に理解が追いついていないような顔で聞いてきた。

「え、えっとぉ～……」

「私から説明しよう」

どう頑張ったって、ルミナには上手く説明なんてできやしない。

それをパエオンが代わりにしてくれるというのだから、任せてしまった方がいいに決まっている。

「昔に話したこともあるが、勇者アルヴァが神域より持ち帰った万能の叡智、大魔導図鑑アーカーシャのことは覚えているか？」

「ああ、もちろん」

「彼女は私と同じなのだよ。大魔導図鑑アーカーシャの一篇、鍛冶の智を編纂した魔導書バルカンの持ち主だ」

「そういうことか……！」

パエオンの一言で、バーニィは驚きつつも納得の態度を見せた。パーティメンバーにアーカーシャの一篇を所持する者がいるのだ、理解が早いのだろう。

「君が作っていたのは、勇者時代の神器に等しいものだったんだね」

「え、えぇ……？」

勇者時代の神器などと言われて、ルミナは激しく困惑した。

そんな大それた品を作ったつもりはない。どれもこれもバルカンから情報を貰い、依頼に相応《ふさわ》しい一品を作っただけだ。

「誉めていただけるのは有り難いですけど、神器なんて凄いものと比べるのは大袈裟《おおげさ》じゃないですか？」

「貴女はもしや、バルカンとの付き合いが短いのか？」

ルミナが恐縮しきりに否定していると、パエオンがそんなことを聞いてきた。

「え？　ええ、まぁ……一週間も経ってないですけれど……」

「そうか。ならば覚えておくといい。バルカンが与える知識は、契約者が望む条件に一致はするが、世間の技術との格差を考慮していない。例えば、先ほど貴女がバーニィに与えた剣は、勇者が使っていた光の剣と同等のものだ」

「えっ、そうなんですか⁉」

勇者が使っていた武器が、ルミナの作った魔力剣と同等のものだなんて知らなかった。というか、勇者が使っていた武器の伝承なんて聞いたこともない。〝光の剣〟なんて名称も初耳だ。

パエオンに指摘された直後は驚きこそしたものの、それ以上に疑問が大きくなってきた。

「あの……なんでそんなことをご存じなんでしょう？」

パエオンはエルフだ。長命の種族であり、見た目以上に長生きしていることは想像に難くない。

だから知っているのかもしれない——が、それでも詳しすぎるような気がする。

「パエオンは、勇者とともに魔王を討ち倒した英雄の一人らしいよ」

「え……えぇっ!?」

本日何度目かわからない驚愕《きょうがく》の悲鳴がルミナの口から迸《ほとばし》った。

勇者とともに旅をして、魔王を討ち倒した伝説のパーティ。その一人が今もまだ存命で、しかも目の前にいるというのは、なかなかどうして受け入れがたい。現実離れしているせいもあるだろう。

いったい何百年前の話だというのだ。

「わかるよ……僕もいまだに信じ切れていないからね」

ルミナの困惑と疑念は、どうやらバーニィも同じであるようだ。

「ただ……パエオンが優れた治癒魔法の使い手である事実は変わらない。魔導書アスクレピオスのおかげだと、本人はその秘密を教えてくれたけどね、僕には姿が見えないから半信半疑だったよ。でも、今ここに別の魔導書の持ち主がいて、確信した。話のすべてが嘘《うそ》や冗談じゃない——ってね」

「……確かに……」

その実感は、バーニィよりもルミナの方が強く感じている。

何しろ彼女には、パエオンの傍らに寄り添っている妖精の姿をした魔導書の姿が見えているからだ。

勇者と共に魔王を倒した一人という話も、真実なのだろう。

「……別に、その話を信じろとは言わない。共に行動する以上、隠し事は礼節を欠くと思って話したまでのこと。その情報をどう解釈するかは君たちの自由だ」

それでいて、パエオン自身はそんな風に投げやりだから困る。

いや、投げやりというよりも、興味がないのかもしれない。

長い時間を生きるエルフにとって、勇者とともに旅をし、魔王を討ち倒したことは瞬《また》きにも満たない一瞬のことだったのだろう。どれほどの偉業であれ、わずか一時の評価など、長く生きていれば風化して忘れ去られる。

現に、今の時代に勇者とその仲間たちの情報はほとんど伝わっていないのだ。

「それより、私からも貴女に製作依頼をしたいのだが受けてもらえるだろうか？」

「え？　あー……それは、まぁ……」

突然仕事の話に戻されて、ルミナは戸惑いながら頷いた。

いちおう、これでも商売人になったのだ。正しく報酬を支払ってくれるなら、相手の経歴で仕事を断ることはしない……が、元勇者パーティの一員であり、バルカンのことを知っている相手からの依頼となれば、生半可な依頼ではないような気もする。

「まずはどのような道具をご所望なのか、お話をお聞かせください」

なのでルミナは、話だけを最初に聞いておくことにした。無理そうなら断ればいいだけの話だ。

「ならば、こちらの事情を説明させてもらいたい」

そんな前置きをしてパエオンが語ったのは、カナル・ダンジョンの現状に関する説明だった。

本来ならば、もっと深い階層にいるはずの魔獣が浅い階層に上がってきていること。

その現状が、もしかすると魔獣が地上に溢れ出てくる魔獣氾濫《スタンピード》の前兆ではないかということ。

そして、それに対応する冒険者の数が圧倒的に不足していること。

本来ならば箝口令《かんこうれい》が敷かれているであろう情報を、なんてことのない世間話のような態度で話すものだから、ルミナは頭を抱えるしかなかった。

「……いいんですか、そんな話を私にして……？」

「貴女へ依頼するのに必要な話だからな」

「ええっと……？」

必要と言われても、ルミナは道具を作るのが仕事だ。冒険者ではない。

もしや、カナル・ダンジョンの異変を食い止める道具を作れ——とでも言い出すのだろうか。

「できれば、具体的にお願いします」

「貴女にお願いしたいのは、かつてアルヴァが所持していた〝無限の宝物庫〟と呼ばれる道具袋を、再び作って欲しいのだ」

「勇者が使っていた……道具袋、ですか？」

思ったよりも普通だな——とルミナは感じたが、よくよく考えればそうではない。物は勇者が使っていた〝神器〟である。それを再現しろと言っている。

他所で同じように言えば、鼻で笑われるかバカ野郎と怒られるか、そのどちらかである依頼を、至極真面目に言ってきた。

「無理ですよ、そんなの」

当然、ルミナもきっぱりと断った。

「そんなことはない。無限の宝物庫はグラナド・ヘイラーが作ったのだ。貴女の遠い先祖だな」

「えぇっ!?」

勇者が使っていた道具は、一つ残らず神器の類いとされている。いわば、天上の神々によってもたらされた聖なる品々だと考えられているのだ。

それがよもや、人の手で作られていた――それも、ルミナの遠い先祖が製作者だなどと、冗談でも笑えない。

「ほ、本当に作れるんですか？　勇者が使っていた神器を……私が!?」

「それを私に聞くより、より詳しい適任者に聞いてみるべきでは？」

その適任者が誰なのか、ルミナはもちろんわかっている。

ちらりと横目でバルカンを盗み見れば、ばっちりと目が合った。

「もちろん、その道具袋の製作方法も記録してございます」

やはり知っていた。

知っていたということは、その製作方法を伝えることができる――ということだ。

「本当に作れるの……？」

「では、製作方法をお渡ししましょう」

「えっ!?　ちょっ――っ！」

告げて、バルカンは有無を言わさずルミナの額に指を当てる。

濁流のように、無限の宝物庫の製造方法がルミナの頭の中に流れ込んできた。

「いや無理！　これは無理だって！」

だからこそ、ルミナは全力で拒否反応を示した。

確かに現代に残る素材で作れるが、それらを集めるのはあまりに難しい。少なくとも、ルミナには無理だ。

「無理というのは、製作に必要な素材があまりに希少だからか？　必要なものならば、私たちでかき集めてくるぞ」

「そういう問題じゃないです！　だってこれ、スライムが原材料なんですよ!?」

「スライム？」

バルカンから与えられた知識によれば、無限の宝物庫はスライムを主な材料として作る道具袋のようだ。

生きたままのスライムに、強力な魔獣の魔石を一週間にわたって与え続け、成長したところで活《い》き〆《じめ》にし、そこに時空間魔法の魔法回路を組み込んで、成形すれば完成する。

「問題は、その一週間です。魔獣の飼育みたいな真似《まね》も難しいですし、与え続ける魔石もかなり大きなものじゃないといけません。そんなもの、どうやって用意するっていうんですか？　無理ですよ、ぜぇったいに無理！」

他にもいろいろ難しいと感じるところはあるが、ルミナとしては無限の宝物庫を作り出す前段階の〝魔獣の飼育〟で手に負えないと感じている。

もし万が一の事態が起きた場合、ルミナでは対処できないからだ。

「そこをなんとか、できないだろうか」

「……あの、どうして無限の宝物庫が必要なんでしょうか？」

道具袋に際限なく物を詰め込むことができるのであれば、確かにそれに越したことはないだろう。それはわかる。

ただ、今ある道具袋の最上級品でも、ちょっとした屋敷くらいなら収納できる容量があるはずだ。それで十分ではないか。

魔獣を飼育するなんて危険な真似をしてまで手に入れなければならない理由が、ルミナにはわからなかった。

「確かに、無限の宝物庫は収納上限が無いことも魅力ではある——が、重要なのはそこじゃない」

「と言うと……？」

「中の空間が共有になっていることだ」

「……え？」

「勇者が残した神器がそのまま眠っている……？」

首を傾げるルミナに代わり、バーニィが気づいたようだ。

「そうだ」

バーニィが口にした結論を認めるように、パエオンが頷いた。

「あいつがどれほどの品をどれだけ詰め込んでいたのかわからないが、魔王を相手に使おうと思っていた品も残っているはずだ」

「それって……今の世の中では不相応なほど強力な武器や兵器が入ってるってことですよね？　そんな危ないもの、何に使おうって言うんですか」

勇者が残した品々と言えば、歴史的価値もあるだろう。どんな些細なものだって、勇者が所持していたことが証明されれば桁外れな値が付くのは間違いない。

だが、それが武器や兵器となれば別の価値も出てくる。

魔王が存在した時代なら、それは人類にとって大いなる助けとなるだろう。

だが魔王は消え去り、人類の脅威は魔獣だけとなった。

魔獣も確かに脅威だが、魔王が率いていた時のように統率の取れた〝人類の天敵〟とまでは言い切れない。現行の武器や兵器でも対処できてしまう。

そんな中、強力すぎる武器や兵器が世に出回ればどうなるか。

人同士の争いで使われてしまう。

勇者や英雄たちが人類を救うために使ったであろう道具が、今度は人類同士の戦いで使われる新たな脅威となるだろう。

無限の宝物庫は、そんな危険性を孕んでいる。

そんなものを、ルミナは作りたくなかった。

「その危機感は正しい……が、前もって話したことをもう忘れたのか？」

「え？」

「この村の近くにあるカナル・ダンジョンで、魔獣氾濫の予兆があることだ」

「あっ……！」

　魔獣氾濫。それは、本来ならばダンジョン内に生息している魔獣が、まるで何かに追い立てられるかのように地上へ溢れ出す大災害。

　そんなことが本当に起きるのだとすれば、こんな小さな村なんてあっという間に壊滅するだろう。

「カナル・ダンジョンに生息している魔獣は、単体でも強い。それが一気に溢れ出せば、この村どころか広範囲にわたって被害が出てもおかしくない。ただ、それを阻止するにも戦力が足りていないのが現状だ」

「その戦力不足を補うために、勇者時代の武器や兵器が欲しい――ってことですか？」

　ルミナの導き出した結論に、パエオンは大きく頷いた。

「貴女とて、故郷の村が魔獣の暴走で消滅するなんて耐えられないだろう？」

「それは、そうですけど……」

「無限の宝物庫が無理なら、ダンジョンから溢れた魔獣を殲滅《せんめつ》できる武器や兵器でも構わない。貴女にとって最善の手段を選んでほしい」

「そんなムチャクチャな……」

ここで何を作るべきか、どんな道具が最善なのか、そんなことはルミナにもわからない。ただ、おそらくバルカンのことだ。「ダンジョンから溢れ出た魔獣を一掃する道具を作りたい」と言えば、それに相応しい道具の作り方を教えてくれるだろう。

しかしそれは、無限の宝物庫に眠っているであろう勇者の神器と比べて安全なものだろうか。

どう考えても、答えは〝ノー〟だ。

次々に現れる魔獣を安全かつ迅速に殲滅する道具なんて、使い方を一つ間違えたら史上最悪の殺戮兵器《さつりくへいき》になりかねない。

「……無限の宝物庫の方が、まだマシですね。でも……」

ただ、それでもネックになるのがスライムの飼育だった。これぱっかりは戦闘経験のないルミナの手に余る。

「一つ気になったんだが――」

煩悶《はんもん》するルミナを前に、バーニィが手を挙げて聞いてきた。

「スライムに魔石を与えて成長させるって話だけど、どこまで成長させるんだ？」

「どこまで……？」

「いや、成長させるのが難しいというなら、素材として使える段階まで成長したスライムを捕まえればいいんじゃないか――と思ったんだけど、どうかな？」

「……確かに」

その考えはルミナになかった。

すでに成長しきっているスライムなら、わざわざ飼育みたいな真似をしなくてもすぐに使えるかもしれない。

ただ、どこまで成長させればいいのかという問題はある。

「ええとですね、必要なスライムは……なんていうか、濁った赤ワインみたいな色をしたスライムなんですけど……そんな種類、います？」

「濁った赤ワインみたいな色のスライム……というと――」

「エルダースライムか……？」

ルミナが口にしたヒントを基に、現役冒険者の二人にはすぐピンときたらしい。

元々スライムは、水色がベースとなっている。それが、取り込んだ〝食事〟によって色が変わってくるのだ。

例えば、水のみを吸収しつづければ青みが増すし、草木を吸収し続ければ緑色、動物や人、魔獣を吸収し続ければ赤、腐肉や汚物を吸収していると黒くなっていく。

そのほかにも、鉱物ばかり吸収するようなスライムは鋼色になったり、宝石類を吸収していれば輝く――などといった特性がある。

そして、エルダースライムは肉食のスライムだ。

魔獣ではない野生動物を捕食対象としているが、稀に魔獣も仕留めて吸収することがある。そうして十年近く生き延びたスライムは、血のように深い赤色のエルダースライムと呼ばれるようになる。

その濃い赤は長く生き延びたからこその赤さと考えられていたが、ルミナの話から察するに、魔石を吸収することで深みが増すのだろう。

「エルダースライムか……かなりの希少種だな」

「スライムはなんでも吸収する悪食だが、核を潰せば簡単に死んでしまう。希少種を探すより、一匹捕らえて魔石を与えて育てた方が確かに楽かもしれん」

なんてことを言い合っている二人は、現役の冒険者である。

そんな二人にしてみれば、確かにスライムなんて大した相手でもない。〝飼育した方が早い〟との結論になるのも当然だ。

だが、ほぼ戦闘経験のないルミナにとってはそうではない。

「スライムでも、魔獣は魔獣じゃないですか」

「とは言うがね、スライムはそこまで凶悪な魔獣ではないよ」

パエオンが言うには、スライムは臆病で攻撃性も低い魔獣らしい。刺激されれば攻撃もするが、自ら冒険者を襲うことは滅多になく、肉食のスライムでも食べるのは腐肉だけということだ。

それなら確かに、ルミナの先祖が無限の宝物庫をちゃんと作れた理由もわからなくはない。スライムの養殖ができたのだろう。

ただ、先祖ができたからといって、今のルミナにもできると言い切られるのは甘く見ている。

「スライムでも、魔獣の飼育なんて御免被ります！　無限の宝物庫を作るにはエルダースライムが必須ということがわかったんですから、うちの店は、そのぉ、お客様の方で素材の持ち込みをお願いしているので！」

「我々に捕まえてこい、というわけだね？」

「端的に言えば、まぁ、そういうことで……」

「しかし、我らはエルダースライムと予想したが、それで正解かどうかは貴女の目で見てもらわねばなるまい」

「え？」

なんだか話が妙な方向に流れてきた。

「そういうわけで、貴女にもエルダースライム捕獲に付き合っていただきたい」

「えぇっ!?」

「報酬は、望むままに支払おう。……よもや商人として、こんな〝美味い話〟を断りはしないだろう？　嫌だ嫌だばかりでは商売にならんであろうよ」

「えぇー……」

それは確かにその通りだ。

ルミナは自分を職人だと分類しているが、店舗を構えて客を取るようになった今は、ただ道具を作ればいいわけではないことも心得ている。

ある程度は客の要望に応えなければならないし、好き嫌いで仕事を選んでいいわけでもない。特に不特定多数の一般客が相手なのだから、店の評判も考えて行動した方がいいに決まっている。

悪評が立ったら大変だ。

「……わかりました」

だからルミナは、覚悟を決めた。

「……そのエルダースライムを捕獲するのに付いていきます……」

「安心してくれ。君に害が及ぶような真似はしないと約束するよ」

バーニィが真剣な面持ちでそう言ってくれるが、今のルミナにはその言葉で気持ちを鎮める効果は薄い。

「……よろしく、お願いします。は、ははは……」

せいぜい、乾いた笑いでそう言うことしかできなかった。

＊　　＊　　＊

コルドバがいる師団長室のドアが、不意に激しく叩かれた。軽く小突くようなノックではなく、握った拳を叩きつけるような激しいノックだ。

宮廷魔道士のトップたる師団長の執務室にそんな無礼なノックをする輩《やから》など、本来ならばいるはずもない。

けれど、現実問題として今まさにコルドバの耳に激しいノックの音が聞こえていた。

「ええい、いったい誰だ不躾者《ぶしつけもの》め！」

「すっかり師団長としての箔《はく》が付いたようね、コルドバ」

「……ッ！」

開け放った扉の前に立つ人物を見て、コルドバはヒュッと喉を鳴らした。

「リ……リリィ宮廷魔道元帥殿……！」

獰猛《どうもう》な笑みを浮かべる褐色の肌の美女が、コルドバを押しのけて師団長室に入り込むや否や、来客用のソファではなく事務机の椅子にドサリと腰を下ろした。

そんな傍若無人な振る舞いを前にしても、コルドバは怒鳴りつけるどころか意見することもできない。

何しろコルドバは、オルタナ王国の軍に所属する魔道士たちを束ねる宮廷魔道士団の師団長だからだ。

いわば軍籍の者である。

対してリリィ・フォーエンは、宮廷魔道元帥だ。魔道士だけでなく、宮廷騎士団を含めた王国軍すべてに対する行動決定権を持っている。

本来、軍すべての行動決定権を持っているのは、国王だ。その下に国王の子供である王子や王女がいる。

そんな王子や王女と同列の立場にいるのが、元帥という称号を持っている者たちだ。元帥は、魔道士団か騎士団のどちらかで師団長を務め終え、智と技を併せ持つ真の忠臣に対してのみ授けられる階級である。

だからこそ、コルドバはリリィに対して何も言えない。

誰の目から見ても国益を損なう行動ならいざ知らず、それ以外は何も言えない――言わない方が身のためだ。

特に、出世や高い地位に居る者なら尚更《なおさら》だろう。

「リリィ元帥殿、特殊任務のために王都を離れていらっしゃったのでは……？」

「それ絡みで戻ってきたのよ。あなたも師団長なんだから、あたしの特務がなんなのかくらいは把握しているでしょう？」

もちろん、その件についてはコルドバも把握している。

リリィや宮廷騎士元帥をも含む王国の精鋭が挑んでいる特殊任務は、ダンジョンの謎を解明することだ。

何故、ダンジョンは各地に忽然《こつぜん》と現れ、期間こそ決まっていないが、一定期間が過ぎると自然に消滅してしまうのか。

そもそも、魔獣は何故ダンジョンの中でのみ誕生するのか。

何より、何故ダンジョンは誕生するのか——。

それらの謎が解明できれば、ダンジョン発生による被害を減少させたり、より効率的かつ安全に魔獣素材を入手できるようになるかもしれない。

そんな可能性を求め、国王はリリィたち王国の精鋭にダンジョンの謎を解明するようにと命じたのである。

「そういうわけで、王都より南西のリザンテ領は知っているわね？　そこのさらに西にあるカナル村付近に、ダンジョンが出現したことは報告を受けているでしょう」

「え、ええ、もちろん」

「そのカナル・ダンジョンに魔獣氾濫の前兆とおぼしき現象が観測されたわ」

「なんと……！」

「陛下から御璽《ぎょじ》入りの出兵許可書は拝領している。明日までに出発できるように準備なさい」

「はっ！」

リリィの言葉に、コルドバは身を正して受け入れた。

「……それともう一つ」

敬礼するコルドバには目もくれず、リリィは一束の書類を机の上に放り投げた。

「あなたが師団長になってからの活動報告書に目を通したわ。順調に、新規魔道具の製作は行っているようね」

「平時なれば、それこそが宮廷魔道士の責務ですので。怠りはいたしません」

「良い心構えだわ。確かに、年に数個はあなたの開発した魔道具が登録されていたわね」

「ありがとうございます」

「けれど、他の宮廷魔道士の名前が少なかったわ。これはどういうこと？」

「はっ……何分、昨今の魔道士は創造性に乏しく……」

「つまり、若手の育成ができていない——と？」

「それは……」

「コルドバ」

口を開くコルドバの言葉を、リリィが冷淡な声で遮った。

「あたしが何も知らないと思っているのか？」

「――ッ！」

射貫《いぬ》くようなリリィの眼光に、コルドバは息を呑んだ。

相手は、最年少で元帥の地位まで上り詰めたオルタナ王国建国以来の天才《バケモノ》だ。

類い稀な魔法の知識に、それを行使できる無尽蔵の魔力、そして、それを魔法回路として形にできる叡智を有している女だ。

そんなリリィを指して〝魔法に愛された女王〟、略して〝魔王〟などと畏怖の念を込めて揶揄《やゆ》する命知らずな者さえいる。

そんなリリィが「知っている」と言った。

ならば、本当に〝知っている〟のだろう。

「魔道具開発のアイデア盗用に、部下に対する威圧行為。若手育成の意識の欠如。昨今では宮廷魔道士の離職率も高くなっているわ。……おまえがクビにした者も少なくないわね？　最近では、ルミナ・シンフォニアだったわね。ひとまず、この子をクビにした理由は？」

「そ、その者は宮廷魔道士でありながら、平時における魔道具開発を怠っており……使える魔法も精霊魔法のみで……」

「この子の勤務状況の確認はした？　おまえが言うように魔道具開発を怠っていたと

いうのなら、あまりに雑務の量が多すぎる。これを不審に思わなかったの？　何より、おまえは精霊魔法を侮っているようだけれど……これを見なさい」

リリィは、取り出した握りこぶしほどの鉄塊を机の上に置いて、指をかざした。

「起動《ウエイクアップ》。そして、確か……接続《エンゲージ》、火霊《サラマンダー》。加工開始《クラフト・スタート》……だったかしら？」

コルドバにとっては聞き覚えのない呪文を唱えると、指をかざしていた鉄塊が光り輝き、粘土のようにぐにゃりと歪《ゆが》んだ――かと思えば、思わず目を背けるほどの強い輝きを放ち、直後に鉄塊が十センチほどのナイフに姿を変えていた。

「こっ、これは……！」

「製造魔法と言うらしいわ。精霊の力を借りて、想像を創造する魔法ね。あたしも最近まで知らなかった」

事実、リリィはバーニィから話を聞くまで、製造魔法の存在を知らなかった。そもそも、精霊魔法にそのような可能性が秘められていたことすら、夢にも思っていなかった。

自分も精霊魔法が使えるのに――だ。

それは、魔法を極めんとするリリィにとって、ある種の敗北だった。魔法が持つ可能性に、自分の想像力がまるで追いついていないことの証左でもある。

「そ、そのような魔法が……あの娘が使えたと……？」

「そう聞いているけれど、そのことは問題じゃないのよ」

だからこそ、リリィは自戒を込めて言う。

「精霊魔法にこんな可能性が眠っていたように、若手にはどんな可能性が眠っているかわからない。上に立つ者の役割は、そんな若手の才能を見極め、適切に成長を促し、王家への忠誠心を育てることよ。旧来の魔道具を中途半端に改良し、目先の功績を挙げることではない。その本質を忘れて我欲に走る者は、上に立つ者としての資質を疑わざるを得ないわ」

そう告げて、リリィは席を立った。

「ただ、今すぐおまえをどうこうする時間はない。カナル・ダンジョンでの出兵で、師団長としての資質を改めて示してみなさい。判断はその後よ」

その言葉は、コルドバにとって死刑宣告に等しいものだった。顔を青くして、崩れるように床の上に膝をついた。

そんなコルドバの肩に、リリィはポンと手を置く。

「あたしは、いつでも見ているわよ」

耳元でそう囁《ささや》いて、リリィは師団長室から出て行った。

無限の宝物庫を作るために必要なエルダースライムは、言うまでもなく魔獣であり、生息しているのはダンジョンの中だ。そのため、エルダースライムを捕獲するにはダンジョンに潜らなければならない。

そして、カナル村の近くにあるダンジョンは高難易度のカナル・ダンジョンであり、しかも今は、深層の強力な魔獣が浅い階層まで侵出している。

なので現在は、上位ランクの冒険者しか入ることはできない——はずなのだが。

「やっぱり何日経っても、私がダンジョンに潜れているのはおかしいって思うんですけど！」

冒険者でもなんでもないルミナが、バーニィとパエオンの二人に連れられて潜っている。かれこれ三日目になるだろうか。

冒険者は一度ダンジョンに潜ると、そのダンジョンの規模にもよるが一週間や十日は当たり前のように潜っている。

しかし、ルミナは冒険者ではない。

冒険者ではない人間にとって、天幕もなにもない場所での野営は、想像しているよりもずっと辛いものだった。

まず、眠るにも熟睡できない。地面は岩肌でゴツゴツしているし、いつ何時魔獣に襲われるかわからない緊張感がある。

あと、お風呂に入れないのがルミナにとっては意外とストレスになっていた。

そこまで綺麗好きというわけではないが、慣れないダンジョンで魔獣に対する緊張感がある中、変な汗をかいて全身べっとりと汗ばんだ状態は気持ち悪すぎる。

せめてもの救いは、道具袋に十分な食料を用意できたことだろう。

無限の宝物庫でなくとも一ヶ月分の食料を詰め込んでおけるのが、世間一般に出回っている冒険者用の道具袋と言われている。そんな道具袋がバーニィ用とパエオン用として二袋ある。

もっとも、道具袋には倒した魔獣の素材を収納しておかなければならないし、食料以外に必要な道具というのもある。よって実際は二週間分しか詰め込めない。

熟練冒険者であるバーニィやパエオンにしてみれば、ダンジョンで過ごすのが二週間というのは短いのかもしれない。

だが、三日目で音を上げているルミナにしてみれば、エルダースライムが出てくるまで精神が保《も》つかどうかも怪しい過酷な環境だった。

「こんなところに、本当にエルダースライムがいるんですか……?」

現在のカナル・ダンジョンは深層の魔獣が浅い層の魔獣を駆逐し、今居る一階層でもグリフォンやマンティコアみたいな対処の難しい魔獣が跋扈《ばっこ》している。

冒険者でも、中級クラスの実力者が相手をするような魔獣だ。

一方で、スライムは個体としての力は下位に位置する。吸収する素材によって形態が変わるといっても、根本的な強さや倒し方は変わらない。

そんな下位の魔獣が、中級以上の魔獣が徘徊《はいかい》しているカナル・ダンジョンで、今もまだ生息しているのかどうか、ルミナは疑問を抱かずにはいられなかった。

「エルダースライムは希少種だ。確実に——とは言えないが、スライムであればどんな場所にも生息している」

パエオンが言うように、スライムはどこのダンジョンにも生息し、どんな深い階層でも見ることができる。特に純正の水色スライムは、処理の仕方次第で薄い皮膜に包まれた内部の体液を飲み水にすることができるので、重宝されている。

「どんなに深い階層に潜っても、スライムだけは何故か生息しているのだ。今のカナル・ダンジョンにも、まだ生息しているだろう。あとはエサに釣られて出てくるのを待つだけだ」

エルダースライムは肉食の赤いスライムだが、動物の血肉だけでなく、魔石も吸収するらしい。ということは、魔石だけでも誘《おび》き出すエサとして使えるのではないか

――と、一同は予想を立てた。

そこでまず、襲ってきたグリフォンを倒し、その魔石をエサにエルダースライムを誘き出すことにした。

「なのに襲ってきてるのは、どういうわけかヒポグリフとかマンティコアとか、ラミアなんてのもいましたっけ？　そういうのばっかりですよね……」

そう。

倒した魔獣はしっかり処理をして道具袋に収納し、エルダースライムの主食だろうと推察した魔石だけをエサにしている。なのに、現れるのは中級クラスの魔獣ばかりだ。

「すまないね、こんなことに付き合わせてしまって」

疲れた――というよりも、やつれた表情を浮かべるルミナに、バーニィが申し訳なさそうに声をかけた。

「それでも、今しばらくは力を貸して欲しい。魔獣氾濫の被害を少しでも抑えるためには、君の力が必要なんだ」

真っ直《ます》ぐに見つめて協力を求めるバーニィに、ルミナは思わず身を仰《の》け反らせた。

今まであまり意識していなかったし意識しないようにしていたが、冒険者などという荒事を生業にしている割に、妙に気品を感じさせる顔立ちをしている。

そんな男から真剣な眼差《まなざ》しを真っ直ぐに向けられては、あまり異性の眼差しに慣れていないルミナにとって刺激が強すぎる。

「だ……だから、素材さえあれば作るって言ってるじゃないですか……」

「そうだったね。ありがとう」

苦笑を浮かべるバーニィに、ルミナはいよいよ顔を背けるしかできなくなった。

「別に、感謝されるような……しっ、仕事ですし！」

戸惑いながら返事をしたが、なんだか雑な返しになってしまった。

「あの……魔獣氾濫を食い止めようとしてくださってるのはわかるんですが、どうしてそんなに一生懸命なんですか？」

なので、もう少し会話を繋いでみようと、ルミナの方から話を振ってみた。

純粋に疑問なのだ。

冒険者はダンジョンに潜り、魔獣と戦って素材を入手し、それを換金して生計を立てている。言葉にすれば実にシンプルな仕事のように聞こえるが、魔獣との戦いは一瞬の油断も許されない危険な仕事だ。

だからこそ、冒険者は仕事を受ける、受けないの選択を自分で決めることができる。

「魔獣氾濫の発生が確実なものとなっているのなら、危険を冒さずに逃げてしまってもいいんじゃないですか？　その権利が、冒険者にはあるじゃないですか」

「逃げた方がいいかい？」

「それは……」

問い返されて、ルミナは言葉に詰まった。

魔獣氾濫が発生して困るのは、そのダンジョンの近くにある村や町だ。しかも今回は、ルミナの生まれ故郷であるカナル村が一番危険な村と言える。

助けてくれる人がいるのなら、助けてもらいたい。

けれど、それを無理強いすることができないことも心得ている。

死ぬかもしれない危険な役割を軽々に頼む責任なんて、少なくともルミナには背負えない。

「……ごめん、ちょっと意地悪な言い方になったね」

ルミナが言葉に窮していると、バーニィが困ったような苦笑いを浮かべた。

「大丈夫だよ。魔獣氾濫に限らず、僕たちの目的はダンジョンの脅威から国民を守ることだ。逃げ出すような真似はしないし、できないんだ」

「できない……？」

しない——というのなら、それはパーティの指針なのでわからなくもない。

だが、〝できない〟というのはどういうことだろう。

それはまるで、自分たちの意思とは関係なく決定しているようにも聞こえる。

「そうだな……君には話しておいた方がいいのかもしれない」

しばし考えて、バーニィはゆっくりと口を開いた。

「僕たちは、ダンジョンが発生する仕組みを調べている。君も知っているとは思うが、ダンジョンは時間や場所を問わず、いきなり発生するものだ。ということは、ある日突然、街のど真ん中にダンジョンへの入り口が出現することも、可能性としてはゼロじゃない」

「……確かに」

「その可能性を潰すために、僕らのパーティはダンジョン発生の仕組みを調べている。そして、その原因も概《おおむ》ね解明しているんだ」

「えっ、そうなんですか!?」

ダンジョンの発生条件を解明している――その事実は、最大級の発見と言っても差し支えないだろう。歴史に名を残す偉業と言っても過言ではない。

この世界の文明は、魔獣の骨や皮、牙などを素材とした魔道具によって成り立っている。そんな資源を生み出すダンジョンは、危険だが人々の生活に必要な場所だ。

現代文明の根幹に欠かせない場所の発生条件がわかったということは、その条件さえ再現できれば好きな場所に望む規模のダンジョンを作り出せる――ということでもある。

それは、自国の繁栄のみならず他国に対する優位性も大幅に増大するだろう。

「それって凄い発見ですよ！　ダンジョンの発生条件って、いったい何なんですか!?」

好奇心から、ルミナはバーニィに聞いてみた。

宮廷魔道士となり、職人という仕事を選んだように、こう見えてルミナは好奇心が人より強い方だ。

知らないことは知りたいし、見たことのない景色を自分の目で見てみたい。〝ダンジョンの発生条件〟というものが本当にあるのなら、その仕組みも知っておきたいと思うのは、自然なことだろう。

だからルミナは、深い意味もなくバーニィに尋ねてみた。

だが、当のバーニィはその質問に、どこか困ったような、やりきれない気持ちを抱えているような、そんな笑みを浮かべて答えた。

「魔王だよ」

「……ん？」

「ダンジョンは、魔王の欠片《かけら》が核となって作り出されている」

「え……は？　えぇ!?　ま、魔王!?」

あまりにも突然に、なんの脈絡もなく〝魔王〟という単語が飛び出してきて、ルミナは耳を疑った。

けれどバーニィは、確かに魔王と口にしている。

「なんで魔王が……っていうか、魔王はとっくの昔に滅んでるんですよね!?」

「確かに魔王は倒した。それは私が保証しよう」

パエオンが、ルミナの言葉を肯定してくれる。当時の勇者パーティの一員からのお墨付きだ、魔王が倒されていることは間違いない。

「だが、相手は『さすが魔王』といったところでな。死してなお、その体の欠片は邪悪な魔力を放出し続け、この世界に爪痕を残している」

「それがダンジョンってわけさ」

バーニィの結論に、ルミナは開いた口が塞がらない。

それが事実だとすれば、ダンジョンを人間の手でどうこうしようなんて考えは捨て去るべきだ。欠片とはいえ、魔王そのものが関わっているものに、人が安易に手を出すべきじゃないとルミナは思う。

「……なんで、そんな話を私に……？」

知らなければ良かったことというのは、世の中にある。知りたいと思ったのはルミナ自身だが、ダンジョンが魔王の欠片が核となって作られている――なんて話は、教えてくれなくても良かったのに。

「ダンジョンを完全に破壊するためだ」

返ってきたパエオンの言葉は、ルミナが予想もしていなかった言葉だ。

「えっ、は、破壊……？」

「僕たちはこれまで、いくつものダンジョンを踏破してきた。それでわかったことなんだが、ダンジョンの核——すなわち、魔王の欠片を破壊すればダンジョンの消滅を早められることがわかった。ただ……」

バーニィは首を横に振り、深いため息をついた。

「欠片の破壊は、けれど一時的なものだったんだ。破壊したとしても、いずれは復活してしまう」

「復活……って、ダンジョンはある日突然現れて、前触れもなく消失するじゃないですか。消失したダンジョンが復活したって話は聞いたことありませんよ」

「ああ、いや、そういうことじゃない。例えば……そうだな、とあるダンジョンの核が魔王の右手だったとしよう。それを破壊すれば、そのダンジョンは数日以内に消滅する。けれど数年後、新たに発生したダンジョンの核が、破壊したはずの魔王の右手だった——ということが、実際にあったんだ」

「故に我らは、魔王の欠片を完全破壊することはできないと結論づけた……が、状況が変わった」

そう語ったパエオンの視線が、どういうわけかルミナに注がれた。

「……へ？　な、なんですか……？」

「作れないか？　魔王の欠片を完全破壊する道具を」

パエオンが、またもやとんでもない無茶振りをしてきた。

「そんなも——」

「待った」

ルミナが全力で拒否の声を上げようとした時、バーニィが鋭い声で制してきた。

「え……？」

ルミナが首を傾げてバーニィを見れば、壁を静かに指さしていた。

なんだろうと目をこらせば、岩壁に何か赤黒いシミのようなものが付いている。

そのシミをじっと見ていると、ブジュッ、ブジュッと音を立てながら膨らんでは弾けてを繰り返し、どんどん広がっていった。

「もしかして、あれが……？」

「エルダースライムだ。僕も久しぶりに見たよ」

壁からにじみ出てきたエルダースライムは、赤黒い色をしていた。

壁を伝って地面に降りる。その大きさは、四人掛けのテーブルくらいだろうか。

ゆっくりとした動きで、エサとして置いていた魔石へと向かっていく。

「無限の宝物庫に使うスライムは、あれで合ってるかい？」

そうだった。その見極めをするために、冒険者でもないルミナが、わざわざ三日間もダンジョンに潜っているのだ。

見間違えるわけにはいかない。慎重に見極めなければならない。

「……あれです。間違いありません」

結果、それは確かにバルカンから与えられた知識で知った、無限の宝物庫を作るのに必要なスライムだった。

「よし。それじゃ——」

「待て」

今まさにエルダースライムを仕留めるために動こうとしたバーニィを、パエオンが鋭い一声で制止した。

「何か……聞こえないか？」

「え？」

パエオンが言うように、確かに何か少し聞こえる。

ドドドドド——と、まるで地鳴りのような音だ。地面の底から聞こえてくる気がする。それに、少し揺れている気もする。

「地震……？」

この状況に当てはまりそうな現象をルミナが口にしたが、直後にそれは否定された。

地鳴りは直接耳朶《じだ》を震わせる大きな音となり、揺れがどんどん大きくなる。

「何なの、この音……？」

「マズい！」

「へっ!? わぁっ！」

突然、バーニィがルミナを強引に抱き寄せた。

直後、耳をつんざく轟音《ごうおん》とともにダンジョンの壁が吹き飛び、壁の奥から牛頭人身の魔獣が現れる。

「ま、ま、ま……まさかミノタウロス!?」

その圧倒的な威圧感に、ルミナの声も震えている。

「いくらカナル・ダンジョンでも、一層にいていい魔獣じゃないぞ……！」

「ブモォオオオオオオオッ！」

バーニィが語気を荒らげて嘆くが、そんなことはお構いなしとばかりにミノタウロスが咆吼《ほうこう》をあげ、手に持つ丸太のような棍棒《こんぼう》を振り下ろしてきた。

「ひっ……！」

聞くところによれば、ミノタウロスの咆吼は相手の身を竦《すく》ませて動きを封じる効果があるという。ルミナが我知らず身を固めたのも、そのせいかもしれない。

けれどそれは、魔獣の威圧に慣れていない場合の話だ。

長くダンジョンに潜り、数々の修羅場をくぐり抜けた熟練の冒険者には通じない。

「大丈夫」

大きな手が、ルミナの細い肩を力強く摑《つか》む。決して傷つけさせないという強い意志が、その手の温《ぬく》もりから感じられた。

ゴゴゥン――と、鈍い音が響く。

ミノタウロスが振り下ろした棍棒と、バーニィの剣が激しくぶつかり合った。

吹き飛ばされることはない。真正面から、バーニィはミノタウロスの一撃を受け止めてみせたのだ。

「ふっ……！」

裂帛《れっぱく》の気合いとともに押し切れば、怪力で知られるミノタウロスがたたらを踏んで後退し、あまつさえバランスが取れずに尻餅をついた。力でミノタウロスを上回ってみせたのだ。

「す……凄い……！」

「うん。君が作ってくれたこの剣は、本当に凄いよ」

ルミナとしては、ミノタウロスの重い一撃を真正面から片手で受け止めて押し返したバーニィの膂力《りょりょく》に驚嘆したのだが、バーニィとしてはルミナの作った両手剣の方に感心したようだ。

確かに、どれだけバーニィの力がミノタウロスと拮抗《きっこう》しようとも、扱う武器が脆《もろ》ければ武器ごと棍棒の餌食になってしまう。〝折れない剣〟という注文に、ルミナはバーニィの期待通りに応えたのだ。

「僕の後ろに」

本来だったらミノタウロスが尻餅をついた隙を逃さずに仕留めることもできたのだが、ルミナを片腕で抱えながらそんな無茶はできない。

抱えていたルミナを下ろし、かばうようにバーニィが前に立った。

ミノタウロスもまた、大きく頭を振りながら立ち上がり、棍棒が軋《きし》むほどの力で握り直した。

両者が睨み合う。

直後、先に動いたのはミノタウロスだった。持てる力を腕に集中させ、速さも兼ね備えた渾身《こんしん》の一撃を繰り出した――はずだった。

その一撃は、バーニィに当たらない。当たらないどころか、二撃目を繰り出すこともできない。

棍棒を持つ腕が、先に届いたバーニィの一撃で切り飛ばされたからだ。

「おぉおおおおおっ！」

バーニィが吼《ほ》える。両手で握る純白の両手剣が、光の軌跡を描いてミノタウロスの身体《からだ》を駆け抜けた。

「グ、モゥ、ブ……」

断末魔と呼ぶにはあまりにか細く、弱々しい声がミノタウロスの口から漏れる。

それが最期だった。

四肢を切り落とされ、胴は真っ二つとなり、首が地面に転がった。

バーニィの圧勝だった。

「まだだ！」

しかしそこに、パエオンの声が飛ぶ。

目の前のミノタウロスは細切《こまぎ》れにしたというのに、何が〝まだ〟だと言うのか。

まさか、ここまでしてもミノタウロスは復活するとでも言うのだろうか。

事実、バーニィはまだ警戒を解いていない。彼もまた、パエオンと同じように事態が収束したとは思っていないようだ。

「……あ、れ？」

そういえば――と、ルミナは気づく。

ミノタウロスが現れた時のような地鳴りと揺れが、まだ続いている。続いているどころか、音も揺れもどんどん大きくなっている。

「――っ！　来るぞ！」

それはまるで、何かが爆発したかのようだった。

壁をぶち抜き、重々しい足音を響かせて大地を揺らし、新たに現れたのは、またミノタウロス――だけではなかった。

ヒポグリフにマンティコア、キマイラやサイクロプスなど、他のダンジョンならば階層主と呼ばれてもおかしくない魔獣が、群れを成して現れたのだ。

「こ、これは……！」

さしものバーニィやパエオンでさえも、その光景に息を呑む。

「喋《しゃべ》るな。息を殺せ」

緊迫した声で指示を出すパエオンに、バーニィとルミナも素直に従う。何より、そんな指示を出されなくとも、ルミナは喋るどころか息をすることさえできない。

魔獣たちは過度な興奮状態にあるのか、鼻息も荒く、目を爛々《らんらん》と輝かせ、ルミナたちや倒したミノタウロスを無視して、勢いそのままに走り去っていった。

「た……助かったぁ～……」

へなへなと、ルミナは腰から力が抜けたようにへたり込んだ。それほどまでに怖かったのだ。魔獣が津波のように襲ってきていたのだから無理もない。

あんなものを前に、人間にできることなど何もないとさえ思う。

「……魔獣氾濫だ……」

安堵のため息をこぼすルミナとは正反対に、バーニィは表情を青ざめさせていた。

「奴らが向かう先はダンジョンの外だ。すぐに対処しないと、村が蹂躙されるぞ」

「あ……！」

目の前の危機が去って安堵したから失念していたが、バーニィが言うように、暴走した魔獣たちが真っ先に向かうであろう先はカナル村なのは間違いない。

安心なんかしている場合じゃないことに、ルミナは気づかされた。

「ならばどうする？」

そこへ、パエオンが努めて冷静な声で問いかけた。

「我々は無限の宝物庫を完成させ、その中に残されているであろう勇者アルヴァの武具を、対魔獣氾濫用の切り札と考えていた。けれど、まだ無限の宝物庫は完成していない。そんな状況で戻っても、我々に出来ることは限られているぞ」

「……時間切れ、だな」

しばし逡巡《しゅんじゅん》した後、バーニィはそう結論を出した。

「今ここで無限の宝物庫を作るために粘っても、完成した頃には村の周辺どころかリザンテ領地の街まで被害が及ぶ可能性が高い。それだけの規模の魔獣氾濫だ。事ここに至っては、魔獣の数を少しでも減らして被害を減らす方向に舵《かじ》を切るしかない」

バーニィが出した結論は、決して間違ったものではない。

無限の宝物庫を作り、勇者が使っていた武具をあてにするのは、魔獣氾濫が発生する前なら有効な選択肢の一つだった。

しかし、実際に魔獣氾濫が発生した今、あるかどうかもわからない勇者の武具に期待するより、戦える人材が魔獣の一体でも倒した方が、よっぽど被害を減らすことになるはずだ。

「ちょっ、ちょっと待ってください！」

それでも、ルミナは声を上げた。

「そ、それだと……あの、村は……村の被害は……？」

ルミナにもわかっている。これでも元宮廷魔道士なのだ。

昨今の情勢では戦場に出ることもなく、どちらかと言えば職人のような扱いになりつつあるが、それでも有事の際には戦場に出なければならない。そういうこともあって、ある程度は戦術やら戦略などというものは理解している。

だからこそ、バーニィの判断は間違っていない。

けれど、感情的には理解したくなかった。

「……すまない。こんなところまで付き合ってもらったが、時間切れだ。君は――」

「そっ、それなら！」

バーニィの言葉を遮って、ルミナは声を上げた。

「わっ、私が残って！　エルダースライムを捕まえます！」

震える声でそう宣言したルミナは、自分自身、かなり無茶なことを言い出したと思っている。

確かにバーニィが言うように、戦える人は魔獣を少しでも狩ってくれた方が被害は抑えられる。カナル村の住人としては、そうしてもらいたい。

一方で、ルミナは戦闘で役に立てるタイプの人間ではなかった。村に戻っても逃げ惑うだけだし、自分を守って貰うために人員を割く必要がある。

ならば、ダンジョンの中に残ってエルダースライムを改めて探し出し、無限の宝物庫を作ることが、今の自分にできる最善なのではないかと考えた。

「それは……一人でダンジョンに残るということか？　冒険者でもない君が!?」

問題があるとすればそれだ。

ルミナは元宮廷魔道士だが、戦闘が得意なわけではない。それどころか、精霊魔法が使える程度で他の魔法――特に戦闘に特化した攻撃系の魔法はからっきしだ。

そんな有様でダンジョンに残っても、果たして大丈夫なのかと疑問を抱かれるのも当然だ。

「いや……逆に、ダンジョンの中に居てくれた方が安全かもしれないな」

そう呟いたのはパエオンだった。

「魔獣氾濫が発生した今、ダンジョン内の足の速い魔獣どもは外へ向かっている。逆を言えば、残っているのはそれほど強くもないし足も遅いヤツばかりだ。慎重さと引き際さえ心得ておけば安全かもな」

確かにそれはそうかもしれない──と、バーニィも一応の納得をした。

納得はしたが、それでもダンジョン内が絶対に安全な場所とも言い切れない。

「だっ、大丈夫です！　私、これでも元宮廷魔道士ですから！」

悩むバーニィに、ルミナは余裕だと言わんばかりの笑顔を──かなりぎこちない笑顔だったが──見せて言い切った。

「……わかった」

そんな顔をしてまで言い切ったのだ。相応の覚悟があるのだろうとバーニィは結論づけた。

「それなら、これを」

バーニィは、自分が普段使っている道具袋と魔力剣をルミナに手渡した。

「道具袋の中には、君から聞いた無限の宝物庫を作るのに必要な素材が、エルダースライム以外、用意してある。スライムの倒し方はわかってるね？」

「核を壊せばいいんですよね」

「その通り。だから、この魔力剣ならそこまで近づかなくても、刀身を伸ばしてスライムの核を潰せるだろう?」

魔力剣は、使用者の保有魔力量によって刀身の長さや硬度が変化する。人一倍魔力保有量が多いルミナなら、そこまで近づかなくても核を狙えるはずだ。

「わかりました。なんとかやってみます」

そう言ってバーニィから魔力剣を受け取ろうとしたが、何故か離してくれなかった。

「え……っと、あの……?」

「……今も本当に迷っているんだ、君を、こんなところで一人にしたくないよ」

「え……?」

「絶対に無理はしないでくれ。君は……必要な人だから」

「……ああ」

真剣な面持ちで告げられたので、何やら告白なのかと思ったが……どうやら違うらしい。

「安心してください。私だって死にたくないですから、そこまでの無茶はしません。店も開いたばかりですし、まだ続けたいですから」

〝必要な人〟と言うのなら、確かにバーニィにとってルミナは必要な存在だろう。新たな武器を製作したのはルミナだし、魔導書バルカンの所有者でもある。さらに言えば、ダンジョンを生み出している魔王の欠片を完全破壊する道具さえ作れる人材なのだ。

目鼻立ちの整った美丈夫から真剣な面持ちで〝一人にしたくない〟なんて言われて、危うく勘違いするところだった。

「魔王の欠片を完全破壊する道具も、魔王の欠片の現物さえお持ちいただければ、方法を検討してみますので」

「いや、そういうことじゃ……まぁいいや。ともかく、本当に無茶だけはしないでくれよ」

「そちらも、どうかお気を付けて」

そうしてバーニィとパエオンの二人は地上へ、ルミナはダンジョンで、それぞれの役目を果たすべく行動を開始した。

第四話　英傑の器

バーニィとパエオンの二人がダンジョンの外へ出ると、すでに一戦交えたような痕跡が広がっていた。

周囲は攻撃魔法で破壊されたと思《おぼ》しき瓦礫《がれき》が散乱し、その瓦礫に押し潰された魔獣の死骸や飛び散った血痕が至るところで見られた。

ただ、そうやって死骸を晒しているのは魔獣だけではなかった。

ちらほらと冒険者らしい風体の亡骸《なきがら》もある。

しかしながら、魔獣の死骸も冒険者の亡骸も思ったより数が少なく、破壊の被害はダンジョンの入り口からカナル村方面へ扇状に広がっているようだった。

「マズいな……思ったよりも魔獣どもが横に広がってるぞ」

「逆を言えば、それだけカナル村へ向かった魔獣も分散されているということだ」

表情を曇らせるバーニィとは対照的に、パエオンはどこか冷静に分析をしていた。

「この近隣にある人里はカナル村だけだ。それ以外の方向へ向かっているであろう魔獣は、この際、放置しておく他あるまい」

「そう……だな」

頷きこそすれ、バーニィにしてみれば苦渋の決断とも言える。

冒険者としてダンジョンに潜っているからこそ、魔獣の脅威は一般人より強く理解している。戦闘と無縁な生活を送っている人々では、魔獣を前に為《な》す術《すべ》などなにもないことを。

だからこそ、カナル村ではない方向へ逃げた魔獣も、一般人を襲う前に始末してしまいたい。

だが、それはパエオンの言うように後回しにすべきことだ。今は確実に脅威にさらされているカナル村を守ることが優先だった。

「急ごう、カナル村へ。少しでも被害が──」

その時だった。かすかに地面が揺れるような、激しい爆発音が耳に届いた。

顔を上げると、カナル村の方角から爆煙が上がっている。すでに戦線はカナル村付近まで後退しているようだ。

「もう、あんなところまで……！」

「いや、あの位置なら魔獣の群れがまだ村に到達していない。冒険者たちは、かなり善戦していると賞賛すべきだろう」

パエオンは冒険者たちを誉め称《たた》えるが、しかしどんなに善戦していても、重要なのは村を守り一般人の被害を出さずに魔獣を殲滅することだ。

それができなければ、途中の善戦などなんの意味も成さない。

「これは急いだ方がよさそうだ。飛ぶぞ」

パエオンがバーニィの腕を摑み、杖を振って地面を突く。直後、二人の身体が宙に舞った。

パエオンは治癒魔法に特化した魔道士と思われているが、それは医学の魔導書アスクレピオスを所持しているからだ。他の魔法が使えないわけではない。

治癒魔法ほどではないが、身体強化などの支援魔法ならば平均以上に使いこなすことができる。

飛翔魔法もその一つだ。

さすがは長命なエルフだけあって、長年にわたる研鑽《けんさん》もあるのだろう。魔力操作は精緻を極めており、自分のみならず、触れている相手も同時に飛ばすことができる。

今回のような緊急性が高く、急がねばならない事態においては何よりも心強い。

「かなりの数だな……」

上空から見た限り、魔獣の数はおよそ四十体。ミノタウロスやサイクロプス、キマイラにグリフォン、ヒポグリフなどが群れを成して冒険者と戦っている。

そんな魔獣の群れを相手にしている冒険者は、五十人にも満たないだろう。

ただ、それでも善戦しているのは、前線に出ている冒険者がBランク以上の手練れだからだ。その点は、カナル・ダンジョンが中級以上の魔獣が跋扈する高難度ダンジョンだったことが幸いしている。

それでも、冒険者側の旗色は悪い。

そもそも冒険者は〝仕事〟として魔獣を狩っている。魔獣を狩るのは危険な仕事だが、その〝危険〟を最小限に抑えるため、複数の魔獣と同時に戦ったりはしない。そんな状況に陥るのを避けてこそ、一流なのだ。

なのに今回は、複数の魔獣との戦闘を余儀なくされている。おまけにヒポグリフのような飛行タイプの魔獣もいるので、目の前の強敵に集中しつつ上空からの強襲にも警戒しなければならず、精彩を欠いていた。

「飛行タイプは何体だ？」

「視認できる範囲では五……いや、六か。ヒポグリフ三体にグリフォン二体、残り一体はワイバーンだ」

「まずはワイバーンを潰そう」

「……仕方ないか」

バーニィの決断は早く、その意図を理解したパエオンはため息をつく。そして、摑んでいたバーニィを目一杯の力でワイバーンに目掛けて投げつけた。

飛翔魔法は空を飛ぶ魔法だが、その本質は重力魔法だ。上から下に向かう重力の向きを反転させることで宙に浮き、そのまま前後左右から力を掛けて移動する。

パエオンの場合、その重力の向きを自分自身と触れている対象に行使することができる。

だからこそ、パエオンは片手で掴んでいたバーニィを持ち上げて飛ぶことができていたし、ワイバーンに向かって投げつけるといった無茶な真似もできた。

そして、パエオンの手から離れたバーニィは、飛翔魔法の範囲から外れたことになり、質量も通常に戻る——いや、それどころか放り投げられた時の加速も追加され、さながら砲弾のようにワイバーンへと迫った。

しかもその砲弾は、自らの意思を持ち、武器を振るう。

「ふ——ッ！」

放り投げられた速度に加えて、バーニィの武器はルミナが作り上げた魔力強化の両手剣だ。切れ味が増大している。

足の踏ん張りがきかない空中であるにもかかわらず、バーニィの一撃がワイバーンの首を一撃で切り飛ばした。

さらにそこから、バーニィは自ら切り飛ばしたワイバーンの首を掴み、それをクッションに着地を決めてみせた。

「おまえの空間把握能力はムチャクチャだな」

そんな無茶をさせたのもパエオンだが、信頼していたのは一撃で確実にワイバーンを仕留めるというところまでだ。着地にあんなムチャクチャな手段を取るとまでは思っていなかった。

「着地に失敗していたら、戦力が減ることになるんだ。怪我で動けなくなるのは、魔獣氾濫《スタンピード》が終わってからにしてくれ」

「心配の仕方が計算高くて涙が出るよ」

乾いた笑みを浮かべるバーニィだが、それも一瞬のこと。

「パエオン、君は支援が足りてない冒険者のサポートだ」

「一人で大丈夫か？」

「問題ない」

すぐに表情を引き締め、周囲に目を向ければ、どこもかしこも魔獣と戦っている冒険者の姿がある。

その中から、バーニィは複数体の相手を余儀なくされているパーティに目を留めた。

「助太刀《すけだち》する！」

言葉に出すより先に身体が動いていた。

ミノタウロスとサイクロプスを相手に防戦一方だった重装備の戦士のところへ駆け寄り、バーニィはそのうちの一体に斬りかかった。

「すまん！　だが、無茶はするな！」

「お互い様だ！」

同じ冒険者同士。交わす言葉は少なく、バーニィの意識は目の前のサイクロプスに向けられている。

そして数度の斬撃を繰り出せば、思惑通りにサイクロプスの戦意はバーニィに向けられた。

「ゴアァアアアアッ！」

咆吼を上げるサイクロプスが振り回す武器は、剣。それも、バーニィが持つ両手剣と遜色ない大きさの剣を、片手に一振りずつ、二刀流で扱っている。

サイクロプスは〝一つ目の巨人〟と称されるように、身の丈は三メートル近くもある。ともすればミノタウロスに似ているが、決定的な違いは〝知性がある〟ということだ。

ミノタウロスが本能に忠実で猪突猛進《ちょとつもうしん》な戦い方だとすれば、サイクロプスは決して一撃で敵を仕留めようとはせず、虚実入り混ざった攻撃で追い詰めてくる。

それの戦い方は、人間の剣士と戦っているような気分になる冒険者もいるらしい。

しかし知性があるといっても、人間のように十手先、二十手先まで考えられるほど優れているわけでもない。せいぜい二手、三手くらい先までしか考えておらず、戦術らしい戦術を組めるほどではなかった。

だからこそ、逆に御しやすい相手でもある。

サイクロプスの右腕から繰り出される上段からの振り下ろしに、バーニィは身をよじってかわすものの、すかさず左手の剣が横薙《よこな》ぎで迫ってきた。

ここでバーニィが後ろへ下がれば、サイクロプスは前に出てきて体当たりを食らわせようとしてくるだろう。

実際、過去に戦ったサイクロプスも似たような攻撃をしてきている。

いつもならバーニィが誘い出すように後ろへ下がり、そこにリリィが特大の魔法をカウンターで放つか、ラヴィンがサイクロプスの死角からバーニィと入れ替わって槍で急所の目玉を貫く。これが〝白銀の風切羽《かざきりば》〟のセオリーだ。

だが、今はとどめを刺す二人がいない。後ろに下がっても、相手は巨人とも言えるサイクロプスだ。わずか一歩でも想像以上に距離を詰められ、追い込まれる。

だからバーニィは、敢《あ》えて迎え撃つ。

横薙ぎで迫るサイクロプスの一撃は、まともに受ければ武器が破壊される。仮に破壊されなかったとしても、木っ端のように吹き飛ばされてしまうだろう。

しかしそれは、以前まで使っていた武器だったら——の話だ。

バーニィは剣を握る両手に力を込める。

魔力を込める。

「はぁっ！」

バーニィとサイクロプスの刃が激突する。なのに、音はない。

斬ったのだ。

バーニィの両手剣は迎え撃ったサイクロプスの刀身を、まるでバターをカットするかのように容易《たやす》く切り裂いていた。

その光景にサイクロプスは動揺の色を見せた。

それを、バーニィは見逃さない。

刃を返し、右斬上《きりあげ》の斬撃を放つ。半瞬遅れてサイクロプスは反応し、右手で握っていた剣で防ごうとするが——遅い。さらに言えば、意味もない。

バーニィの一撃は防御に回ったサイクロプスの剣もろとも、何の抵抗も感じさせず吸い込まれるように四肢を切り裂いた。

「……ッ——ガ……！」

サイクロプスが絶叫ならぬ声を上げ、音を立てて倒れた。

「——か、はぁっ……！」

次いで、バーニィもまた地面に膝を突く。

著しい疲労を覚える。

ある意味、たった一人でサイクロプスを仕留めたのだから当然と言えば当然なのだが、それにしても普段以上の疲労感に苛《さいな》まれている。

「まさか……これほどとはね……」

こうなることは、バーニィ自身もある程度は予想していた。ただ、予想以上だったと言わざるを得ない。

ルミナが作ったこの両手剣は、使用者の魔力を使って刀身を強化している。つまり、魔力を流し込めば流し込むほど刀身の強度や切れ味は増していく――ということだ。

そしておそらく、下限はあるだろうが上限がない。

刀身のない魔力剣を見た時から思っていたのだ。

魔力剣が使用者の魔力量に応じて刀身を大きく長くするのなら、刀身がある両手剣の方はどうなるのだろう――と。

ルミナが作った両手剣は、魔力剣と同じ魔法回路が組み込まれている。魔法の扱いに疎いバーニィが持っただけでも、十分に硬く鋭くなるほどの優れた魔法回路だ。

では、バーニィより魔力量が多い者が両手剣を持ったら、果たしてどうなるのか。

あるいは、無自覚に放出している魔力ではなく、意図的に魔力を注ぎ込んだらどうなるのだろう。

魔力剣は魔力で刀身を象っていたため刀身そのもののサイズが変わったが、バーニィの両手剣には芯——刀身がある。

結果はご覧の通りだ。

あらゆるものを容易く両断する、天井知らずの切れ味を発揮してみせた。

「とは言っても……だ」

そしてもう一つ、予想外なことがあった。

バーニィは今まで意図的に魔力を練ったことがない。魔道士ではないのだから当然と言えば当然だ。

だから加減がわからなかった。

加減がわからないまま、魔力を練れるだけ練って両手剣に注ぎ込んだ結果、気力をごっそり削《そ》ぎ取られてしまった。

「魔力欠乏が……ここまでとはね……」

たとえるならば、抗《あらが》いがたい眠気に近いだろうか。

人は激しい運動をすれば息が上がり、疲れて動けなくなることがある。それは肉体的な疲労によるもので、だからバーニィのような前に出て魔獣と戦う戦闘職は筋力を鍛え、長時間でも動き、戦えるように身体を鍛える。

一方で、ルミナやリリィのような魔法職が過剰に魔法を使用すればどうなるのかというと、視界がぼやけて意識が朦朧《もうろう》とする。それが、魔力がごっそりと削られてしまう魔力欠乏という症状であり、意識を保つのが難しくなってしまうのだ。

「くっ……！」

ここで意識を失うわけにはいかない。

その時だ。

「ぐぁあああああっ！」

深淵《しんえん》に転がり落ちていきそうな意識を必死に繋ぎ止めようとしているバーニィの耳に、絶叫が届いた。

見れば、先ほど助太刀に入ったパーティのところへ戦闘中だったミノタウロスの他にグリフォンまでもが加わっている。おまけに、後方から支援していた仲間が一人、犠牲になってしまったようだ。

おそらく、上空からの強襲を受けたのだろう。目の前のミノタウロスに集中しすぎて虚を突かれた形だ。

「くそ……っ！」

すぐに支援へ向かおうとするが、身体が動かない。バーニィ自身が自覚しているよりも、魔力欠乏の影響が強すぎる――いや、違う。

物理的に、身体が動かないように拘束されている。

「――ッ！」

バーニィの自由を奪っているのは糸だった。それも蜘蛛《くも》の糸のような細さでありながら、力を入れても切れない強固な糸だ。

「これは……！」

身動きが取れないバーニィは、すぐに周囲を見回した。

――いる。

巨大な蜘蛛に女の上半身がくっついているような、異形の姿。

アラクネだ。

バーニィに巻き付いて拘束している糸は、アラクネが獲物を捕食する時に使う糸だった。気づかないうちに捕縛されていたのだ。

サイクロプスを倒したことで油断していた――というわけではない。ただ、魔力欠乏の影響が少なからずあった。

意識が朦朧としている中、いつもなら気づくはずのことに気づけなかったのだ。

「シィィィ……シュゥゥゥ……」

人体部分の上半身の口から、言葉とは到底言えない風切り音が聞こえる。

アラクネは上半身こそ人間と同じ姿だが、それはあくまでも〝人の姿〟を模しているだけで、疑似餌的な役割でしかない。

当然、人間と会話できるほどの知性はない。そもそも、人間と意思疎通ができるような言葉を発することもできない。せいぜい、今のように口から空気が漏れたような音が出るだけだ。

そんなアラクネは、捕獲した餌《バーニィ》がどんな味なのか楽しみで仕方ないとばかりに、醜悪な笑みを浮かべて近づいてくる。

アラクネの糸は極めて切れにくいが、剣で切れないこともない。いつものバーニィならば、拘束されたとて脱出することなど造作も無い。

しかし、今のバーニィは〝いつもの〟とは言い難かった。剣を振るうにも、立ち上がることでさえ、気力を振り絞らなければままならない状態だ。

「くっ……そぉ……っ！」

それでも、ここで何の抵抗もせずにアラクネの餌になるつもりはない。もはや絞り尽くされた気力を、それでも捻《ひね》り出そうと力を込める。

「うおぉおおお……っ！」

やはり、力が入らない。

かといって、こんなところで〝諦める〟という選択肢もなかった。

無理だとしても、何もしなければ何も変わらないのだ。少しでも〝変えよう〟とする意志があれば、万に一つの可能性は残る。

それを〝奇跡〟と呼ぶのかもしれない。

だからバーニィは必死に抵抗を続ける。奇跡が起きるように。

しかし――。

アラクネが第一脚を振り上げ、鋏角《きようかく》をガチガチと鳴らして目前にまで迫っている。

あと一呼吸の間で噛《か》みつかれ、毒を注入されて完全に身動きが取れなくなる。

そんな刹那の時間で、都合の良い奇跡など起きるだろうか。それも、限界を超えねばならない奇跡だ。

簡単には起こらない。

「おらぁっ！」

起こらないが、しかし、別の奇跡なら起きる。

一本の槍を持つ男が稲妻のような速度で現れ、アラクネを貫いた。その衝撃は凄《すさ》まじく、胴体が消し飛んで脚だけが残るような有様だ。

必然、バーニィもその衝撃に煽《あお》られて吹っ飛んだ。

「ってててて……」

頭を振りながら身体を起こせば、救助に現れた男はミノタウロスとグリフォンをもすでに仕留めていた。

「おいおい、大丈夫かぁ？　俺がいないだけで、随分と苦労してんじゃねぇか」

そんな男が、不敵な笑みを浮かべながらバーニィに手を差し伸べる。

その軽々な態度と物言いに、今なお魔獣氾濫が続く危機的な状況であるにもかかわらず、バーニィは顔を綻ばせた。

「ああ、まったくだ。いつも助けてもらって感謝しているよ、ラヴィン」

「思ったよりも早くに祭りが始まってて、少しばかり焦ったけどな」

最高のタイミングで戻ってきた仲間の姿に、一筋の希望を見いだした気分だ。

「先にパエオンと会って、詳しい話は聞いている。そっちの準備は間に合わなかったらしいな？」

「端から望みの薄い準備だったからな。そっちは、そうでもないな？」

「ああ。王都から宮廷騎士団を百人ほど連れてきた。宮廷魔道士団の方からは三十人ばかりとリリィは言ってたな」

「そんなに来てくれたのか」

その数は、バーニィが予想していた数の倍近い。特に、魔道士の方は十人も来ればいい方だと思っていた。

というのも、昨今の宮廷魔道士は魔道具開発の方が主な業務になっており、実戦経験があまりにも少なくなっているからだ。

知識はあっても動けない。繰り出す魔法は強力でも、使うタイミングを見極められない。実戦に出られるだけの覚悟がない……と思っていたのが、まだまだ捨てたもののではないらしい。

「それより、そっちはどうしたんだ。フラフラじゃねぇか」

「ああ……ちょっと魔力切れでね」

「魔力切れ!? いつの間に魔法が使えるようになったんだ?」

「詳しくは後で話すよ。悪いが、魔力回復薬を持ってないか?」

「いちおう、持ってるけどな」

ラヴィンも魔法が使えない根っからの近接戦闘職だが、それなのに魔力回復薬を持っているのは、リリィやパエオンのためだ。雑な性格をしているように見えるが、万が一のことを考えて準備を怠らないのが、ラヴィンという男である。

そんなラヴィンが道具袋から取り出した魔力回復薬を受け取って、バーニィはすぐに飲み干した。

直前まで朦朧としていた意識が、すぐにハッキリとしてくる。さすが、長年にわたって魔道士たちが愛用しているだけのことはある。

「よし……!」

体調が回復したバーニィは、立ち上がるとグリフォンの強襲によって仲間を失ったパーティの下へ駆け寄った。

皆、一様に疲れ切っており、立つこともままならない。体力的にもそうだが、〝仲間を失った〟という精神的な疲労が大きいのだろう。

「君たちは、ひとまずカナル村まで撤退しろ。村までなら、斃《たお》れた仲間も一緒に連れて行けるだろう。……よく戦ってくれた」

「……ああ、ありがとよ」

バーニィの投げかけた言葉に、おそらくリーダーなのだろう、重騎士の男が力なく感謝の言葉を口にした。

仲間を失う辛さは筆舌に尽くし難い。

それでも、冒険者となってダンジョンに潜り、魔獣と戦う生き方を選んだ以上、こんな不幸な出来事が起きる可能性を考えていなかったはずはない。

だからこそ――なのだろう。こちらから話しかけた言葉にしっかり返事ができている。どんなに辛く悲しんでいようとも、投げやりにはなっていない。

だから大丈夫だ。

「……この事態も、早く終わらせねぇとな」

「ああ」

ぽつりと漏らすラヴィンの言葉に、バーニィは頷く。

「それで、状況は？」

「騎士団と魔道士団で部隊を作らせて、カナル村から扇展開で魔獣の掃討に向かわせている。そろそろ――」

　そんなラヴィンの話の途中で、他方からひときわ大きな爆発音が聞こえてきた。

「……今のはリリィだな」

「だな」

　魔獣の暴走より、リリィの魔法で周囲の地形が変わってしまいそうだ。

　そんなリリィがすでに戦闘に入っているということは、ラヴィンの言っていた騎士団と魔道士団で組ませた部隊も、会敵しているところだろう。

「向こうにはパエオンも一緒にいるはずだぜ」

「行こう」

　ラヴィンに呼びかけ、二人は爆音の響いた次なる戦場へと駆け出した。

＊　＊　＊

　一人ダンジョンの中に残ったルミナは、その静けさに少し悪寒を感じていた。

　ルミナがダンジョンに潜るのは、これが初めてのことである。あれこれと伝え聞いた話でしか知らない。

　ただ、ダンジョンがあまりにも静かで耳が痛くなりそうなほどの静寂に包まれている——なんて話は、聞いたこともなかった。

自分の心臓の音や息づかい、歩く足音や衣擦《きぬず》れの音がこんなにも気になるとは思ってもみなかった。

それほどの静寂である。

もちろん、こんな状況のダンジョンは〝当たり前〟ではない。

元々カナル・ダンジョンは魔獣氾濫の前兆ありということで、冒険者でも出入りに制限が掛けられていた。

つまり、いつも以上に人がいないということだ。

加えて、実際に魔獣氾濫が発生し、魔獣のことごとくがダンジョンの外に向かって進撃している。内部から魔獣がいなくなってしまっているのだ。

その結果が、今まさにルミナが感じている異常なまでの静けさだった。

「と……とりあえず……エルダースライムをもう一度探さなくちゃ」

それでもルミナがパニックにならず、目的を忘れずに行動できるのはカナル・ダンジョンが比較的明るいダンジョンだったからだろう。

カナル・ダンジョンに限らず、これまで発見されたダンジョンは、内部と外部の環境がまったく違うということが多々あった。

外は温暖なのに内部は凍《い》てつくほど寒かったり、岩山の麓に口を開けたダンジョンの中に足を踏み入れれば草原が広がっていたり、森の中にあったダンジョンは内部が人工建築物の宮殿みたいになっていることもあった。

そしてここ、カナル・ダンジョンは人工建築物ダンジョンに分類される。

ただ、そこまで精緻に加工されたダンジョンではない。

人工的に掘り進められた洞窟型ダンジョンという、複合化型とでも言えばいいのだろうか。

サイクロプスやミノタウロスのような巨大な魔獣も背を丸めることなく立って歩けるほど幅は広く、空を飛ぶ魔獣がのびのびと旋回できるほど天井も高い。

そして何より異質なのは、床や壁、天井までもが光っていることだ。

そこまで強烈な光ではない。ランタンくらいの明るさだろう。ただ、全体が光っているため、遠くまで良く見える。

もしこれで手元くらいしか見えない明るさだったら、ルミナはもう少しパニックになっていたかもしれない。

「エルダースライムは確かに居た……けど、もしかして踏み潰された……？」

仮に、エルダースライムが暴走した魔獣どもに踏み潰されていたとすれば、その死骸があるはずだ。不安になって周囲を見るが、それらしい痕跡はどこにもない。

ということは、先ほど現れたエルダースライムはうまい具合に逃げた——と考えてよさそうだ。

逆を言えば、今ならまだ近くにいるということでもある。

「えーっと、えーっと……そうだ、魔石！」

エルダースライムの好物は魔石だ。実際、現れたエルダースライムも、魔石に釣られてやってきた。

まだ近くにいるのなら、魔石を餌に誘い出せるかもしれない。

「魔石、えっと……あれ？　えっと、どこ……？」

元々エルダースライムを呼び出すために仕掛けていた魔石は、魔獣たちの魔獣氾濫で崩れた壁の下敷きになって見当たらない。

バーニィから預かった道具袋の中も確認したが、一個も入っていなかった。

「…………」

そして、ルミナの目に映ったのは、最初に現れてバーニィに倒されたミノタウロスの死骸である。

状況が状況だったことと、他の魔獣が血の臭いに誘われずにいたこともあって解体していなかったが、体内には魔石がまだ残っているはずだ。

それを取り出せば、エルダースライムを誘き出す餌は用意できそうだ……が。

「うぐぐぐ……！」

改めて言うまでも無く、ルミナは元宮廷魔道士であり、現在は生まれ故郷で道具屋を営む一般人だ。

冒険者ではないし、なりたいと思ったこともない。

なので、当然のことながら魔獣の解体なんてしたこともない。

したことはないが、しかし「嫌だ、できない」などと言える状況でもなかった。

やるしかないのだ。

「よっ、よしっ！」

幸いにして、解体する道具はある。バーニィにオマケとしてプレゼントした魔力剣だ。これなら切れ味も申し分ないし、何より魔力で刀身の長さを調節できる。

刀身の長さが調整できるということは、魔石がある場所まで一気に刃を通せるということであり、魔獣を切り刻む感触を無駄に味わう必要もない、ということでもある。

ルミナは意を決して魔力剣を握り、魔力を注ぎ込んで刃を具現化させた。

あまり魔力を注ぎ込みすぎると、天井まで軽々と届く長さになってしまう。下手をしたら二、三階を貫ける長さにもなりかねない。

そんなことにならないように呼吸を整え、注ぎ込む魔力の量を調整する。

そして、ミノタウロスの胸部に刃を突き刺した。

どの魔獣もそうだが、魔石がある場所は心臓の真横と言われている。人間にはもちろん、他の野生生物にもそんな場所に魔石なんて存在しない。

故に、魔石の有無が、一般的な生物と魔獣の差となる。

ミノタウロスは、バーニィによって四肢と首を切り落とされ、胴体も真っ二つに斬られている。ただ、それで魔石も一緒に斬られていたとしても魔石は魔石なので、なんら問題はない。

吐き気をこらえながら、ルミナはミノタウロスの解体を進める。

これが獣型の魔獣だったら、まだ良かった。

しかし、ミノタウロスは頭部こそ牛のそれだが、身体は人間と遜色がない。ただ、二倍ほど大きくて肌の色が泥を塗ったような土色、という違いがあるだけだ。

だからなのだろう。解体を進めていると、まるで人間を切り刻んでいるような錯覚に陥って気分が滅入《めい》ってくる。

それでも、ルミナは頭の中を空っぽにして、作業を進めていった。

ほどなくして、大粒の魔石が出てきた。

案の定、バーニィの一撃で一部欠けていたが、大きさといい質といい、エルダースライムを誘き出す餌としてなら、まったく問題なさそうだ。

「もう金輪際……魔獣の解体なんてやりたくないわ……」

ルミナが肩で息をしながらぼやいた。

魔力剣を使っただけあって、解体するのに力はほとんど必要なかった。肉も骨もなんの抵抗もなく切り裂いてしまったのだから、我ながらとんでもない切れ味の武器を作ったものだと自画自賛してしまう。

ただ、精神的にはかなり辛いものがあった。しばらくの間は夢に出てきそうだ。

だが、そんな苦労をした甲斐《かい》はあって、なんとか魔石は手に入った。

「これでエルダースライムを誘き出すことが……」

早速、魔石を置いた、その時だった。

視界の端で、何か動くものが見えた。

「は？」

目を向ければ、切り刻まれたミノタウロスの欠片を捕食しているエルダースライムの姿があった。

「ふっつーに出て来るの!?」

エルダースライムの一番の好物は、確かに魔石かもしれない。だが、魔石しか食べないのではなく、魔獣の血肉も食らう腐肉食の魔獣でもある。

当然、ミノタウロスの屍《しかばね》が転がっているだけでも、それはエルダースライムにとって十分な食料となり、誘き出す餌にもなっていたようだ。

「人が……トラウマ抱えそうな気分で……ミノタウロスから魔石を取り出したっていい

うのにっ……！」

少し理不尽な怒りを覚えて、ルミナは魔力剣を強く握る。このやり場のない怒りは、問答無用でエルダースライムにぶつけるしかない！　と、決意めいたものを胸に抱き、慎重に距離を取る。

過程はどうあれ、結果としてエルダースライムは出てきてくれた。それなら後は、サクッと倒して素材にするだけだ。

「核……核……あれかな……？」

スライムを倒すには、核を潰すしかない。それ以外のところを切り刻んでもまったくダメージにはならないし、くっつき直して元に戻ることもある。

幸いにして、エルダースライムはミノタウロスの肉片に夢中らしい。ルミナのことはまったく気にしていないし、襲ってくる気配もない。

今なら核を一突きできそうだ。

「よし……！」

エルダースライムに限らず、スライムの核は真っ黒な染みのように見える部分と言われている。人によっては、目玉の黒目部分と称する者もいる。

なので、身体の色が水色や赤のスライムは比較的目立つので狙いが付けやすい。

ではエルダースライムがどうなのかというと、〝濁った赤ワインのような色〟とでも表現すべきか、全体が暗い赤色をしているのだ。その奥にある真っ黒な核は、なかなかどうして見分けが付きにくい。

「んん～……」

ただ、まったく見当が付かないわけでもない。よくよく目をこらせば、ルミナの握りこぶしほどの大きさがある真っ黒な点を見つけた。

なるほど、確かに眼球の黒目みたいだ。

「あそこね……」

黒点に向けて、ルミナは慎重に魔力剣を向ける。

距離が離れていても問題ない。あとは魔力を流し込めば魔力の刃が伸びて、この場から一歩も動かずに射貫けるはずだ。

「よし……！」

魔力を流し込もうとした、その瞬間。

エルダースライムの黒点が、ギュイッと動いた。

「動くの!?」

驚きと同時に、魔力を流し込む手は止められない。伸びた魔力の刀身は、エルダースライムに突き刺さった。

ただ、それは致命傷になる一撃ではなかった。単に、エルダースライムの警戒心と攻撃性を高めただけだ。

ミノタウロスの肉片に張り付いていたエルダースライムが、明確な敵意を持ってルミナの方に身体を向けた。

「え……？」

もしかして襲ってくるの？　と、ルミナが疑心暗鬼な気持ちを拭いきれないでいたその瞬間、エルダースライムは粘体の身体を弾ませてルミナに飛びかかってきた。

「うそぉぉっ!?」

まさか襲ってくるとは思わず、しかもその方法がゴムのように跳ねてくるなんて夢にも思わなかったルミナは、悲鳴を上げつつその場から飛び退《の》いた。

だゆん、と音が聞こえそうな勢いで、エルダースライムは直前までルミナが立っていた地面に着地する。

あと一歩遅ければ、真上にのしかかられて圧死していただろう。そこまでいかなくとも、身動きが取れずに吸収されてしまっていたかもしれない。

その事実に、ルミナはサーッと青ざめた。

「スライムが、なんでこんなに好戦的なの!?」

なんだか話で聞いていたのと違う状況に、ルミナは動揺が隠せない。

パエオンが言っていた「スライムは臆病で攻撃性も低い魔獣」という話は、一体なんだったのか。

無事に戻れたら、しつこいくらいに問い詰めたいところだ。

「くぅっ!」

とにかく核だ。核さえ潰せば、どんなスライムだって倒せる。

そう信じてルミナは魔力剣を闇雲に振り回した。剣なんて扱ったことがなくても、まぐれ当たりで核に一撃くらい当たるはずだ。

「――――ッ!」

柄を通して、確かに感じる手応え。

闇雲に魔力剣を振り回せば、そこまで小さくないエルダースライムを切り刻むことができた。

「あ……」

しかしそれは、本来の目的とズレていることに気づいた。

わざわざダンジョンに潜り、エルダースライムを狙っていたのは無限の宝物庫の素材にするためだ。それを切り刻んでしまっては元も子もない。

そう思ったのだが、それは杞憂《きゆう》だった。

「えぇ……?」

バラバラになったエルダースライムの欠片が、もぞもぞと動いて一つに戻ってしまった。ルミナが呆気にとられるほどの、驚くべき再生能力だ。

「やっぱり核を潰さないとダメってこと……？」

そもそも、スライムは切り刻まれても元に戻るということさえルミナは知らなかった。かなり厄介な魔獣だと思うのだが、なのにどうして冒険者たちはスライムをそこまで危険視していないのか不思議に思う――のは、ルミナが冒険者でないからだ。

冒険者として生計を立てているような者ならば、スライムの動きは遅い部類になる。切り刻んでも元に戻る再生能力は驚異的だが、明確な弱点が目に見えている。

そういった理由もあって、やはりスライムは弱い魔獣なのだ。

なのだが、ルミナは冒険者でもなければ魔獣との戦闘経験もない。動きが遅いといっても、ルミナの動体視力ではそれなりに速いとさえ感じる。

「ひゃっ！　うわっ！　きゃあ！」

飛びかかってくるエルダースライムから、ルミナは必死に逃げ回る。

反撃とかカウンターとか、そんなことを考える余裕もない。少しでも触れられたら終わりとさえ思っているような、そんな逃げ回りっぷりだ。

しかし、そんな回避行動なんていつまでもできるわけがなかった。

「あぅっ！」

右へ左へ引っ切りなしに動き回っていたせいか、足がもつれたルミナは盛大に転んでしまった。

そこへ、エルダースライムが飛びかかってくる。

「うわわわ！」

必死なルミナに恥も外聞もない。砂まみれになろうが構わずに地面の上で転がり、すんでのところでなんとか回避に成功した。

だが。

「あっ！」

握っていたはずの魔力剣がなくなっている。

いや、無くしたわけではない。どこにあるのかすぐに見つけた。

エルダースライムの真下だ。

真下というか、吸収されている。

そういえば、魔力剣には魔石が組み込まれていた。もしかすると、エルダースライムは、魔力剣に組み込まれた魔石を狙っていたのかもしれない。

「や、違うわ！」

エルダースライムは、魔力剣を体内に取り込んで吸収しながらもルミナに襲いかかってくるのをやめなかった。やはり、徹頭徹尾狙っているのはルミナらしい。

そうなると、ルミナの立場はますます苦しい。

手持ちの武器を完全に失い、核を潰す手段が絶たれてしまった。

「どっ、どどど……どうしよう……」

まさか素手でエルダースライムの核を潰すわけにもいかない。かといって、魔法で攻撃しようにもルミナは精霊魔法くらいしか取り柄のない元宮廷魔道士だ。

もはや為す術が――。

「あ……」

あった。

なんとかなるかもしれない方法が、ルミナには一つ残されている。

ただ、それは確実とはいえない。実際に試したことはないし、前にチラリと思いついただけの方法だ。あまりのえげつなさに、考えついた自分自身に呆れた手段だ。

本当にできるかどうかわからないが、今は賭けてみるしかない。

「うまくいきますようにっ！」

祈るように願望を口にして、ルミナはバーニィから預かっている道具袋から無限の宝物庫を製作するのに必要な材料を、エルダースライムに向けてばらまいた。

「起動《ウエイクアップ》！」

唯一まともに使いこなせる精霊魔法――その中でも確実に発動する製造魔法《クラフトマギア》を、ルミナはエルダースライムを対象に放つ。

「接続《エンゲージ》、風霊《シルフ》。加工開始《クラフト・スタート》！」

製造するのは、もちろん無限の宝物庫。必要な材料は、エルダースライムを含めてすべて揃っている。

唯一の問題は、そのエルダースライムがまだ生きているということだ。

それで製造魔法が正しく発動するのかどうかは、ルミナにとっても賭けだった。

「お願い、お願い、お願い……！」

ただただ一心に祈る。これでダメなら後がない。

すると——祈りが通じたのか、そより、と空気が動いた。

動いた空気はすぐに風となり、疾風となり、烈風となって渦を巻く。

地面にばらまいた素材は猛烈な勢いの竜巻に飲み込まれ、その竜巻はエルダースライムさえも捕らえた。

あまりにも不自然な風の動きは、精霊が確かにルミナのイメージを受け取って動いている証左でもある。

もはや直視できないほどの颶風《ぐふう》を前に、ルミナは堪《たま》らず顔を背けて目を閉じた。

どれほどの時間、そうしていただろう。

一瞬というほど短くはない。

かといって、何分も過ぎ去ったわけでもない。

ただ、轟々《ごうごう》と渦巻く風の音が不意にピタリと止《や》んで、ルミナは風の精霊が暴れていた――いや、製作していたであろう場所に恐る恐る目を向けた。

風の音と勢いの割には、ダンジョンそのものへの被害は少ない。皆無と言ってもいいだろう。別に壁が崩れていたり、地面が抉《えぐ》れていたりもしていない。

ただ、通路の真ん中にポツンと真新しい道具袋が落ちている。

「で……できた……？」

半信半疑に呟いて、ルミナはダンジョンの通路に落ちている道具袋に近づいた。

拾って、感触を確かめてみる。上手く言葉で言い表すのは難しいが、今まで誰も触っていない、新品そのものといった感触がある。

「で、できたぁ～っ！」

安堵のため息と驚嘆の歓声が入り混じったその一言には、二つの意味が込められていた。

一つは、もちろん無限の宝物庫が完成したことだ。まだ中身を確認していないので完璧かどうかの判断はできないが、見た目は想像通りの出来映えである。

そしてもう一つは、製造魔法は生物が生きている状態であっても〝素材〟として認識し、道具に加工できてしまうということだ。前にもチラリと考えたことはあるが、まさか本当にできるとは思っていなかった。

――いや。

〝できる〟という確信めいたものはあった。

製造魔法は精霊の力を借りるものであり、精霊は人間と違う倫理観や価値観、ものの見方をしている。死生観さえ人間のそれとは根本的に違うのだ。

故に、精霊には有機生物の生死という状態の判断ができない。人も、鉱物も、動物も、魔獣でさえも、既存の姿から新たなものを作り出す〝素材〟と認識し、その素材が勝手に動き回っているように見えているのだろう。

「全部、使い手次第かぁ～……」

精霊が生き物を単なる素材としか見ていないのだとしても、精霊そのものの意志はそこに存在しない。

すべては精霊に指示を出す術者次第だということを、忘れてはいけない。

「とにかく、無限の宝物庫を確認しなくちゃ」

完成した無限の宝物庫が、果たして正しく〝無限の宝物庫〟であるのかどうか、それを確かめるために中身を見てみることにした。

パエオンの話では、新しく作った無限の宝物庫は勇者が使っていた無限の宝物庫と中身が繋がっているらしい。

もし何か残しているのであれば、中に何かが入っているはずだ――が、ここでルミナは少し戸惑った。

無限の宝物庫に限らず、見た目以上に収納できる道具袋は、取り出したいものを頭の中で思い描きながら手を入れないと、狙ったものが取り出せない。

逆を言えば、何が入っているのかわからずに手を入れれば、意図しないものを取り出す可能性があるということだ。

「……でもまぁ、触れただけで命の危険に晒されるようなものは入ってないわよね」

何が出てくるにせよ、無限の宝物庫に入っている道具は勇者が使っていた品々だ。

取り扱いに注意すべきものはあれど、取り出しただけで爆発したり厄災を振り撒《ま》くようなものはないだろう。

そう思いたい。

「……よし！」

意を決してルミナは宝物庫に手を差し込んだ……が、手に当たるものは何もない。

「あれ？　んー……」

まさか何も入っていないのかとルミナが不安に思ったその時、カサッと手に何かが触れた。

「おっ？」

感触としては、どうやら紙のようだ。

紙状の道具といえば、現代の魔道具にも存在している〝呪文媒体〟が真っ先に思い浮かぶ。魔法の効果を封じ込めることができる特殊な巻物で、一度しか使えない貴重な逸品だ。

ただ、本当に呪文媒体だとしても、無限の宝物庫の中に入ったままということは魔王との決戦で使わなかったということでもある。

それだけ価値の低い魔法なのか、はたまた使い所が難しい危険な魔法なのか……どちらにせよ、取り出して確認してみるしかない。

「ええいっ！」

覚悟を決めて、ルミナは手に触れた紙を無限の宝物庫から取り出した。

「……メモ？　いや、手紙……？」

ルミナが取り出したのは、一通の封筒だった。これは明らかに呪文媒体ではない。

封筒を開けてみれば、中には数枚の便せんらしきものが入っている。

「これって……」

封筒から便せんを取り出すと、文字が書かれてあった。

『この手紙を読む者へ』

そんな出だしから始まる過去からのメッセージだった。

『この手紙が読まれているということは、新たに無限の宝物庫を作り出したってことだろう。俺が使っていた分は、この手紙を収めた後、処分すると決めている。なので、この手紙を読んでいるのはバルカンを受け継いだグラナドの子孫と思って、話を進めさせてもらう』

そこまで読んで、ルミナは確信した。

「勇者直筆の……手紙……」

間違いない。

こうも詳細に無限の宝物庫の製作者を知り、魔導書バルカンのことまで書ける人物は、勇者アルヴァ以外に有り得ない。

『無限の宝物庫を再び作り出したのは、俺が使っていた道具を求める事態が起きたからだと推測する。この手紙が俺以外の目に触れているのなら、何かしらの脅威に見舞われているのだろう。だからこそ、以下に収納品のリストを記しておく』

手紙の二枚目以降には、無限の宝物庫に入っている武器や道具、薬品、素材などが、カテゴリー別に分けられてリスト化されてあった。

『どれも好きに使うがいい。素材以外は、すべてグラナドの手によって作られたものであり、魔王を相手に確実な一撃を叩き込める道具になっている。残念ながら、戦況

が合わずに使えなかったがね』

「……冗談抜きで、対魔王用の道具だった……」

しかも、中に入っている道具のすべてが——である。この道具袋一つで、下手をしたらどこかの国一つくらいは落とせるかもしれない。

だからこそ、勇者が自らの手で無限の宝物庫を処分していたのは賢明な判断だとルミナは思う。

『最後に、一応の警告をしておく。この中にある道具は、どれも対魔王用の道具だ。使わないで済むのなら、そうすることをお勧めする』

「…………」

思い切り釘を刺された。

だが、勇者がわざわざ書き残すのも理解できる。対魔王用の道具ばかりが揃っているということは、どれもこれも規格外の破壊力を秘めているということなのだろう。

そんな道具を、魔獣氾濫で使うのは適切だろうか。

下手をすれば、暴走している魔獣どころか村や周囲一帯を消し炭にしてしまう可能性だって十分にある。どっちが災厄なのか、わかったものではない。

『それでも使わざるを得ない状況ならば、これだけは覚えておいてほしい』

ルミナが道具の使用について悩んでいると、そんな言葉で勇者からの手紙は続いていた。

『未来を憂い、世界から魔王の脅威を取り除くことを願ってグラナドが作った品々は、どれも〝人々を守りたい〟という強い想《おも》いが根底にある。彼なくして後の世の平和はなく、俺が勇者と呼ばれることもなかっただろう。この俺を〝勇者〟と呼ばれる存在にまで押し上げてくれたのは間違いなくグラナドであり、彼こそが本当の意味で救世の英雄だった。だからこそ、この手紙を読む者よ。彼の血を引く者よ。君もまた、理不尽に散る命を救わんと願う救世の英雄たらんことを切に願う』

そんな言葉で、勇者の手紙は締めくくられていた。

「人々を守りたい……想い……」

それならルミナにもわかるような気がする。

故郷の村に戻り、道具屋を開業した。客になったバーニィには、自分の作った武器で少しでも安全に冒険を続けてほしいと思っている。

それは、厳密に言えば〝守りたい〟という想いとは違うのかもしれない。

ただ、それでも願うのは、自分が作った道具を使う人には皆、少しでも幸せになってほしい、無事であってほしいということだ。

「必ず、人々を守るために使うと誓います……」

偉大な先人の想いを受け取ったルミナは、その決意を心に固く誓った。

「よし……！」

兎《と》にも角《かく》にも無限の宝物庫は無事に完成し、その中身も勇者が残した手紙のおかげで把握することができた。

これでもう、ダンジョン内にとどまる必要もない。

あとは一刻も早く外へ戻り、バーニィたちが食い止めてくれているであろう魔獣氾濫を終結させるだけだ。

「早く外に……ええと、出口は……わわっ!?」

あまりにも突然に、地面が脈打つように跳ねた。

立っていられないほどの震動は、一向に収まる気配がない。それどころか、時間経過とともに揺れもどんどん激しくなっている。

魔獣氾濫の発生時、多数の魔獣が暴走していった時も地面は揺れたが、その時の比ではない。このままダンジョンが崩れるんじゃないかと考えてしまう。

「……え、ホントに崩れる？」

ダンジョンはある日突然、なんの前触れもなく出現し、なんの前触れもなく崩壊して消える。

その消える時が来たのかと、ルミナは身構えた。

もし、そんな崩壊に巻き込まれてしまえばどうなるのか、ルミナは知らない。

そもそも、巻き込まれた冒険者は今までもいるのかもしれないが、実際にどうなるのかという話が聞こえてこないのは、生存者がいないからなのかもしれない。

「冗談じゃないわ……！」

ゾッとするどころの話ではない。

立てないなどと泣き言を言う暇があるのなら、這《は》ってでもダンジョンから脱出しなければ死んでしまう。

「わわっ、うわわわっ！」

立って真っ直ぐ走れないまでも、地面に手を突きながら中腰で急ぐことはできそうだ。這って進むよりは何倍も速い。

ダンジョンが崩れる前に脱出できれば――そう淡い期待を抱いた時だった。

ドゴンッ！　と、地面が爆《は》ぜた。

「きゃあぁああっ！」

何かが吹き出してきたような――いや、何かが地面を突き破って現れた衝撃で、ルミナの身体が宙を舞う。

一体何が現れたのか、そもそも何が起きたのか……。

ルミナにはさっぱりわからなかった。

＊　　＊　　＊

「でやっ！」

バーニィの振り抜いた一撃が、マンティコアを両断する。それが、この場で暴れていた最後の魔獣だった。

「よし、次だ」

「落ち着け」

すぐに次の戦場へ向かおうとするバーニィに、ラヴィンが待ったを掛けた。

「戦闘続きだろ。ここは少しは息を整える時間も必要だ」

「しかし……いや、そうか」

ラヴィンの言わんとしていることを察して、バーニィは大きく深呼吸をする。

確かに連戦している。この調子で戦い続けていては、魔獣氾濫が収束する前に動けなくなってしまうかもしれない。

そうなっては本末転倒だ。

「二人とも、ここにいたのね」

そこへ、他の戦場で魔獣と戦っていたリリィと、各方面で支援をしていたパエオンが同時にやってきた。

「そっちも終わったのか？」

「一通りね。あとは冒険者や、騎士団と魔道士の部隊でも対処できそうよ」

「こちらも、支援はもう必要ないだろうと判断して戻ってきた」

この二人がそう言うのなら、事実そうなのだろう。

「山は越えたか……」

だからバーニィはそう判断し、安堵のため息をついた。

「ダンジョンに、ルミナさんを迎えに行かなくちゃな」

かろうじて、無限の宝物庫がなくとも魔獣氾濫は収束に向かっている。

無理を押してダンジョンにまで付いてきてもらったルミナには申し訳ないことをした——そう思った直後に、それは起きた。

突然の爆発。

空気が振動し、足下が揺らぐほどの衝撃が遠方から聞こえてきた。

「なんだ!?」

爆音が響いた小高い丘の方へ目を向ければ、まるで噴火でもしたかのように土石が宙を舞っている。すぐにバーニィたちの頭上にも、石塊がバラバラと降ってきた。

小石程度ならともかく、降ってくる土石の中には物置小屋くらいの大きさのものも交じっていた。

あんなものが直撃すれば、ただでは済まない。

「防壁よ、我らを守れ！」

すかさずパエオンが障壁魔法を張って皆を守った。

降ってくる巨石も易々《やすやす》と防いでくれたが、それよりも一同の視線は、爆発した遠方に向けられている。

「あれは……」

見上げた視線の先はダンジョンの入り口があったはずの小高い丘の中腹。

そこにいるのは二匹の巨獣。

そびえる木々よりも体高は高く、一頭は赤毛、もう一頭は青毛の魔獣だった。

「スコル……と、ハティ……だと？」

それは、伝説で語られている魔獣。これまで数え切れないほどのダンジョンが生まれては崩れ去った歴史の中、片手で数えるくらいしか出現していない。

太陽をも燃やし尽くす灼熱《しやくねつ》の炎狼《えんろう》スコル。

あらゆる活動を停止させる極寒の氷狼《ひようろう》ハティ。

もちろん、それは誇張された話だろう。だが、遭遇した過去の冒険者たちが口々にそう言ってしまうような能力を持っていることは間違いない。

「ウォォォォォォォォン！」

「オオォォオオオオン！」

スコルとハティの咆吼が大気を震わせる。身体の芯にまで届くような咆吼に、バーニィが誰よりも早く我に返った。

「防御！　最大で張れ！」

バーニィの叫びに、リリィとパエオンが瞬時に反応した。二人揃って、最大強固の防御魔法をでたらめなくらいに張り巡らせる。

直後、周囲の木々が一瞬にして燃え盛った。

かと思えば、次の瞬間には炎がそのまま氷結したかのように氷のオブジェと化した。

「これって……！」

一変した周囲の状況を目の当たりにして、特に魔法への造詣《ぞうけい》が深いリリィが驚嘆の声を上げた。

「あいつら、燃やしたり凍らせたりしてるんじゃない。属性を強制変換させてるわ！」

「属性を強制変換って……どういうことだ？」

「簡単に言えば、対象がなんであれ強制的に燃やしたり凍らせたりできるってことよ。防御魔法で防げたから、なんらかの魔法効果であるのは間違いないけれど……」

「そんな魔法があるのか!?」

ラヴィンが驚きの声をあげる。

そんな魔法があるのなら、初見殺しもいいところだ。魔法の心得がない前衛だけでは対処のしようがない。

「あるんでしょ、実際に使ってみせたんだから。……あたしは知らないけどね」

自分が知らない魔法の存在に、リリィが忌々しそうに渋面を作って言い捨てた。

「今は魔法の仕組みを考えてる場合じゃないだろ。リリィ、すぐに散っている騎士団と魔道士団に合図を送れ。全員で掛からないとアレは手に負えない」

「わかったわ」

バーニィの要請に応え、リリィが直上へ真っ赤な光弾を放った。王国の兵士たちに広く用いられている緊急集合の合図だ。

だがそれは、王国の兵士のみに見えているわけではない。

ズズ……ンッ、と重々しい音を響かせて、スコルとハティの二匹がバーニィたちの前に降り立った。

「そりゃ来るよなぁ」

味方だけではない、誰にでも見える光弾だ。

必然、二匹の魔獣にも見えており、向かってくるのも当然のことだった。

「戦力が揃うまで足止めするぞ！」

「属性変換に対抗できるだろう防御魔法は掛けてある。だが、過信はするな。異変を感じたらすぐ戻れ」

「了解だ」

パエオンの指示に頷き、バーニィとラヴィンは前へ出る。

先んじて二匹の魔獣に挑んだのはラヴィンだった。一点突破を信条とする槍使いならではの機動力を活かし、スコルに肉薄した。

「おらぁっ！」

そこから、ラヴィンは地を蹴ってスコルの喉を狙う。

相手が炎を操る強大な魔獣であろうとも、その姿が狼《おおかみ》であるのなら急所も狼と同じはず。何より生物であれば、喉に穴を開けられてまで生きていられるはずもない。

その狙いは正しい。

スコルもハティも、魔獣という生物だ。脳や心臓を破壊すれば絶命するし、首を落としても倒せるだろう。

「なっ⁉」

位置、タイミング、速度、どれをとっても申し分ない。事実、ラヴィンの一撃は確実にスコルの首に届いた。

だが、そこまでだ。

外皮はかろうじて傷を付けられたようだが、肉までは届いていない。首を貫くなんて夢のまた夢だ。

「こいつ……硬いなぁおい!?」

「ラヴィン！」

バーニィの声で気づいたが、遅かった。

「うおっ!?」

苛立《いらだ》つようにスコルが首を振れば、勢いでラヴィンが空中に投げ出された。

そこへハティが襲いかかる。

「させるかっ！」

そうはさせまいと、バーニィが即座に反応した。両手剣を肩で支え、ラヴィンとハティの間に割って入る。

「グルァアアアア！」

割り込んだバーニィを威圧するかのような咆吼をあげるハティ。ピキピキピキッ、と周囲の空気が凍り付いていくような音が聞こえる。

「せりゃあっ！」

空気が凍てつく中、バーニィが構わず両手剣を振り下ろす。

パァァァン！　と、空気が破裂したような音が盛大に響き、空気を凍てつかせようとしていた冷気が霧散する。

（ホントになんでも斬れるな……！）

ある程度の確信はあったが、実際に出来てしまったことにバーニィは舌を巻く。

バーニィが斬ったのは、ハティが周囲の空気を凍らせようとしていた魔法だ。

ルミナの作った両手剣は魔力を纏《まと》って切れ味を強化している。言うなれば、常時魔法が発動しているようなものだ。

魔法は魔法で相殺することができる。

だからバーニィの両手剣だけは、スコルとハティの変換魔法を相殺することができた。

その出来事に、動揺の色を見せるハティ。

そんな隙を、バーニィは見逃さない。

「シッ！」

返す刃でハティの首を狙う――が、寸前のところで後ろに飛び退いて回避された。

反応速度は、さすが伝説の魔獣といったところだ。

「眠れる大地よ、敵を穿《うが》て！」

直後、リリィの魔法が放たれた。足下の大地が隆起し、鋭く太い杭《くい》となってハティを襲う。

　だがそれは、スコルの炎によって出現すると同時に、炎に呑まれて溶けて消えた。

「反応が速い……！」

　リリィが歯噛みするほど、スコルの魔法に対する反応はこれまで対峙《たいじ》してきたどの魔獣よりも速かった。敵対する魔法には自動で反応していると思えるほどに。

「こいつら、典型的な魔道士殺しだわ！　あたしも支援に回る。こいつらを倒すのは、二人に任せるからね！」

　瞬時に自分の無力さを理解し、リリィが二人に無理難題とも言うべき言葉を投げかけた。

「……ムチャクチャ言ってんな、おい？」

「だが、やるしかないだろ」

　苦笑いを浮かべるラヴィンに、バーニィは両手剣を構えて応じる。

「ラヴィン、わかってるな？」

「わぁってるよ！」

　バーニィに言葉を返し、ラヴィンが再び二匹の魔獣へ攻撃を仕掛けた。

　最初の一手でわかったことがある。自分の攻撃では、この二匹のどちらも倒しきることはできない――と。

攻撃の手は、確かに届く。問題なのは武器の性能だ。決して悪い武器ではないが、スコルとハティの皮膚を貫くだけの強度がない。

ただ、自分にはできなくともバーニィの両手剣ならば斬れる。斬れるのならば、最後の一撃はバーニィに任せる他ない。

だからこそ今のラヴィンの役割は、そのための隙を作ることだ。

「おぉおおおおっ！」

飛び出したラヴィンに、スコルが反応した。牙を剝《む》き、前肢を振りかぶって押し潰そうと迫る。

それだけならまだいい。獣タイプの魔獣がよく行う通常攻撃だからだ。

だが、スコルの場合はそれだけで収まらない。振り回す前肢に炎を宿しているのだ。

炎狼スコルの名は伊達《だて》ではないということか、常に炎の鎧《よろい》を身に纏っているようなもので高熱を放ち続けている。

それは、本格的な戦闘態勢に入ったということだろう。近づいただけで火傷しそうな熱量だ。

「清浄なる風よ、彼《か》の者を守れ！」

パエオンがラヴィンに防御の魔法を施した。

これで熱を感じなくなることはないが、近づいただけで火傷することはないだろうし、武器も溶けることはない。

「怯《ひる》まず征《い》け。即死でなければ治してやる」

「前衛の扱いがヒドくねぇか!?」

パエオンの辛辣な言葉に軽口を返しながらも、ラヴィンの意識は目の前の魔獣から一時も逸れることはない。一挙手一投足のすべてを見逃すまいと全神経を集中させている。

スコルに肉薄し、槍の乱撃を降らせる。

通じないのはわかっている。だが、しつこいくらいに刺突の雨を降らせ、目の前を動き回られていれば、スコルとて無視はできないだろう。

「おぉぉぉっ、らぁっ!」

正面から、側面から、真下から。

スコルの前肢を回避しながら隙を見つけては潜り込み、けれど深追いせずに安全を考慮して距離を取り、再び隙を見つけては飛びかかる。

絶え間ない攻撃を、ただただ繰り返す。

それを難なくやり遂げているラヴィンだが、決して楽にこなしているわけではない。

言うまでもなく、そこは極限状態の中だ。

考えてから動くのでは間に合わない。肌で感じる風の流れ、耳に届く音、これまで培ってきた戦闘時の直感をフル動員させて、攻撃と回避を続ける。

「グルァアアアアアッ！」

まるで通じない攻撃をしつこく繰り出され、ついにスコルが痺《しび》れを切らした。

全身から、ぶわりと炎が噴き出す。パエオンの防御魔法で守られていても、あまりの熱量に全身がチリチリと焼けていくような感覚に襲われる。

本気で仕留めるつもりなのだと、直接対峙しているラヴィンは感覚で理解した。

だからこそ、だ。

ラヴィンは足に力を込めて、全力の一歩で前へ踏み――出さない。後ろへと下がる。

スコルは、ラヴィンが逃げると思ったのだろう。逃がしてなるものかとばかりに踏み出してきた。

「バーニィ！」

そこへ、ラヴィンに代わってバーニィが前へ出る。

両手剣の重量など微塵も感じさせない速さでラヴィンと入れ替わり、スコルへと斬り掛かった。

今のスコルはラヴィンに目が向いている。入れ替わったバーニィへの反応は一瞬遅れた上に、自ら前へ出てきたことで相対的にバーニィとの接敵は速くなる。

相手は伝説の魔獣だ。もしかすると、難なく対応してくるかもしれない。ただそれでも、無傷でやり過ごさせるほどバーニィは二流の剣士ではない。

――だが。

「ウォオオォォォン！」

伝説の魔獣はもう一匹いる。

バーニィの横合いから、氷の杭が飛んできた。

それも一本や二本ではない。数十本の杭が、壁と見まごうばかりの密度でバーニィに襲いかかってくる。

「させないっ！」

リリィの魔法が、ハティの杭を迎撃する。ハティ自身に仕掛けた魔法は瞬時に属性変換の後に無力化されてしまうが、放った魔法への迎撃ならまだ通用するようだ。

「おぉりゃあっ！」

ハティからの横やりは無視していいと瞬時に判断し、バーニィは両手剣の重さを利用し、自身の身体を捻って遠心力を上乗せした一撃をスコルに放つ。

それは最高の、確実に仕留めることができる一撃――に、なるはずだった。

だが、現実はそうそううまくいかない。

かわされた。

切っ先がほんのわずかだけスコルを斬ったが、致命傷になるほどの深手を負わせることはできなかった。

「ガアァッ！」

「くっ……！」

一歩引いたスコルが、バーニィに向かって全身から火球を放った。

それを、バーニィは致命傷になりそうなすべてを捌《さば》ききる。

だが、そこまでだ。それ以上は踏み込めない。

スコルの警戒心がさらに一段階上がったのがわかる。同じ方法で、確実な一撃を叩き込める距離に近づくことはできないだろう。

「マズイな……あいつらが本気になる前に仕留めたかったが……」

正直なところ、伝説級の魔獣を二匹同時に相手にするのは手に余る。

一匹だけとか一匹ずつならなんとかなるかもしれないが、二匹が連携して襲ってきたら、勝てるイメージがまったく湧かない。

「援軍が来ても、こりゃどうなるかわかんねぇぞ……」

「そもそも、来られるのかしらね」

合図を出してから、まだそれほど時間は経っていない。とは言え、一人も駆けつけないのも妙と言えば妙だ。

もしかすると、二匹の魔獣が初手で放った属性変換の魔法があちこちで被害を出しているのかもしれない。だとすれば、誰一人として駆けつけられないのも納得だ。

「どちらにしろ、僕らも覚悟を決めなくちゃいけないな」

二匹の巨獣から一時も目を離さずに、バーニィが乾いた笑みを浮かべてある種の覚悟を決めた。

「せめて、どちらか一匹だけでも道連れにしてやろう」

「……そぉだな」

ラヴィンもまた、バーニィの覚悟に応えるように槍を構えた。リリィもパエオンも、同じ気持ちなのだろう。言葉はなくとも、いつでも動けるように身構えた。

「グルァアアアア！」

「ガァアアアアアッ！」

そして、スコルとハティが大気を震撼《しんかん》させるほどの咆吼を上げる。

一匹ずつ——などと、甘い行動は取らない。二匹同時に、バーニィたちを確実に仕留めようと襲いかかってきた。

直後、衝撃に襲われる。

爆煙が巻き起こり、まるで木の葉のように吹き飛ばされた。

ただ、そのことはさほど問題ではない。

問題なのは、二匹の魔獣もバーニィたちのように吹き飛ばされていたことだ。

「なっ、なんだ!?」

突然の事態に、バーニィの理解も追いつかない。

ただ。

「訓練、ノ、時間、デス」

もうもうと立ちこめる土煙の中から、金属をこすり合わせたようなしゃがれ声が聞こえてきた。

「く、訓練……？」

「この声……まさか……！」

不測の事態に状況が飲み込めないバーニィたちだが、パエオンだけは何か思うところがあるらしい。表情をこわばらせていた。

「訓、練ノ、時、間……デス」

再び繰り返される同じ声。

徐々に晴れていく土煙の中、そこに居たのは人の二倍はあろうかという金属の身体を持つ巨人だった。

その手にはバーニィが使っている両手剣とまったく同じデザインの、けれど色が黒い剣を片手で持っており、首元には必死にしがみつく一人の女性の姿があった。

「ルミナさん!?」

巨人の首元に張り付いている女性の姿を見て、バーニィが驚きの声を上げた。

カナル・ダンジョンで無限の宝物庫を作るために奮闘しているはずのルミナがどうして巨人の首にしがみついているのか、そもそもあの巨人はいったいなんなのか、上から下まで目をこらして見ても、まったく意味がわからない。

「あ……ああっ、バーニィさん！　よかった、ここにいらっしゃったんですね！」

バーニィの声が聞こえたのだろう、巨人の首元へ必死に摑《つか》まっていたルミナが表情を綻ばせ、声を弾ませた。

「聞いてください！　もう大変だったんです！」

巨人から飛び降りたルミナは、全速力でバーニィに駆け寄るや否や、これまでの苦労がどれほどのものだったのかを訴えかけるように、早口でまくし立ててきた。

「なんとか無限の宝物庫を完成させたんですけど、そしたらでっかい魔獣が下の階層から床？　天井？　を、ぶち破って現れて。それに巻き込まれちゃって、うわあああってなった時、咄嗟《とっさ》に無限の宝物庫から取り出したあのゴーレムに守ってもらったと思ったら、なんか勝手に動きだしてここまで飛んできたんです！　もう、すっごい大変だった！　死ぬかと思いました!!」

「そ、それは大変だったね……」

ルミナの必死すぎる勢いに思わず労《ねぎら》いの言葉が口を突いて出てきてしまったが、頭の中でルミナの話をよくよく咀嚼《そしゃく》してみれば、聞き逃すことのできない話がいくつもあることに気づいた。

「無限の宝物庫が完成したのか!?」

「え？　あ、はい。ただ、商品をお渡しする前に――」

「なら、あの英傑の器は無限の宝物庫から取り出したのだな!?」

そこへ、声を荒らげて割って入ったのはパエオンだ。

常に落ち着いた態度を崩さない彼にしては珍しく、血相を変えて焦っているようにルミナへ問い詰めてきた。

「え、あ、えっと、はい、まぁ……」

「誰だ……？」

「はい？」

「あの英傑の器に収められている戦闘技能は、いったい誰のものかと聞いてる！」

「えー……」

「グルァアアアアアアアアアアッ！」

「グゥオォォォォォォォン！」

ルミナが答えようとしたその時、スコルとハティが明確に憤怒の感情を加えた咆吼を張り上げ、空気をビリビリと震わせた。

鬼気迫る形相を見せる二匹の魔獣は、自身が持つ特性を存分に見せつけるかのように炎と冷気で周囲を燃やし、凍てつかせていく。

「ちょっと、あんたたち！　それどころじゃないでしょう！」

「あいつら、むちゃくちゃ怒ってんぞ！」

今にも襲いかかってきそうなスコルとハティを前に、リリィとラヴィンが緩んだ空気を引き締めた。

ルミナが来たところで、スコルとハティの脅威が去ったわけではない。それどころか、ルミナという守る対象が増えてしまった。

そう思っていた。

「訓練、ノ、邪魔、デス」

金属のゴーレム――英傑の器が、誰よりも何よりも速く動いた。

一瞬の、それこそ瞬き一回にも満たない一瞬で、英傑の器はスコルの腹の下に潜り込んだ。かと思えば、全身のバネを使って拳を振り抜く。

スコルの巨体が、冗談としか思えないほど軽々と、空高くに打ち上げられた。

そのスコルを見上げる英傑の器は、バーニィと同じ両手剣を片手で下段に構える。

刀身に、見てわかるほど高濃度の魔力が渦を巻いていた。

「裂刃」

抑揚のない声で一言。

直上のスコルに向かって振り抜いた斬撃は、スコルを縦に一刀両断するにとどまらず、空を漂う雲さえも切り裂いた。

ズズ――ン、と重々しい音を立てて真っ二つに両断されたスコルの巨体が地に落ちる。バーニィたちがあれほど苦戦し、自分たちの命さえ失う覚悟をした伝説の魔獣を、英傑の器はいとも容易く討伐してしまった。

その圧倒的すぎる戦力に、バーニィたちはもちろん、残るハティさえも呆気に取られて動けずにいた。

「……ッ！」

そんな状況の中、真っ先に我に返ったのはバーニィだった。

今ならば、ハティも隙だらけだ。この好機を逃すわけにはいかない。

「動け、みんな！　動けっ！」

誰よりも先にハティへ駆け出したバーニィの声に、他の仲間たちもハッと我に返った。だがそれは、ハティの注意をも引くことだった。

「グルゥアァァッ！」

ハティが冷気を纏っていく。目の前に迫るバーニィを、空気ごと凍てつかせようとしているのだろう。事実、全身が一瞬にして寒さで痛みを感じるほどになった。

それでも立ち止まるわけにはいかない。今この瞬間を逃しては、ハティを仕留めることはできない。

「っらぁっ！」

「ギャルゥアッ！」

ラヴィンの投げた槍が右目を貫いた。確かに外皮は厚く硬いが、さすがに目玉まで鋼鉄のような硬さではなかった。

「うりゃあああっ！」

仲間が作ってくれた好機をバーニィは見逃さない。

両手剣の一撃が、ついにハティに届いた。眼球に一撃を食らって仰け反った反動でがら空きになった胴に、その刃が深々と突き刺さる。

「ギュルェアアアアアッ！」

響くハティの断末魔。

しかし、それでも、伝説の魔獣と呼ばれる氷狼は、牙を剝き、爪を振り上げる。一人でも多く、人間を道連れにしようとする。

「爆ぜろ、獄炎！」

刹那、リリィの放つ火炎魔法がハティの頭部を直撃した。一瞬にして首が吹き飛ぶ。

あらゆる現象を属性変換で強制的に凍てつかせるといっても、それは魔法の効果であることに変わりはない。右目を失い、腹に剣を突き立てられては、そんな鉄壁防御の魔法も発動し続けることはできなかった。

断末魔の絶叫をあげることが物理的にできない状態のハティは、重々しい音を立てて巨体を大地に横たわらせ、絶え果てた。

「す、凄い……！」

冒険者と魔獣の激闘を初めて目の当たりにしたルミナの口から、我知らず言葉がこぼれ落ちた。

「凄いです、皆さん！　あんなおっきい魔獣を倒してしまうなんて、本当に凄い！」

「それもこれも、ルミナさんが作ってくれた剣のおかげだよ」

戦い終えたバーニィが、両手剣を収めながら首を横に振る。

事実、スコルやハティの鋼鉄のような外皮を貫くには、ルミナが作ってくれた両手剣でなければ無理だった。

「何より、あのゴーレムがいなかったらどうなっていたか……あれは、いったい？」

「ああ、あれは――」

「英傑の器という名の、戦闘訓練用ゴーレムだ」

ルミナに代わって答えたのはパエオンだった。

「戦闘技能を学習し、学習した人物そのものの戦い方を模倣できる」

「それなら、あのゴーレムが学習している戦闘技能ってのは……」

「間違いなく、勇者アルヴァの戦闘技能だ。そうだろう？」

パエオンが確認の意味を込めてルミナに問うてみれば、その通りだと頷いた。

「あのでっかい魔獣がダンジョンの外に飛び出すタイミングで入り口が崩落して、巻き込まれそうになったとき、咄嗟に無限の宝物庫からあのゴーレムを取り出したんです。おかげで無事に脱出はできたんですが、そうしたら今度は『武器を貸してください』なんて言い出して……無限の宝物庫に収められてる武器はいろいろと危なそうだったから、バーニィさんからお借りしていた道具袋に入っていた予備の両手剣を渡しまして……」

「それで、僕のと同じ色違いの両手剣を持ってたのか」

それでもスコルを剣圧だけで両断し、さらには空をも切り裂くような規格外の所業を見せたわけだから、ルミナの作った両手剣も大概である。

「魔王戦直前まで、アルヴァはあのゴーレムで訓練をしていたからな。たぶん、その頃の戦闘技能が登録されているのだろう」

「なるほど、な……」

あの異常なまでの戦闘力も、そういうことなら納得できる。伝説の魔獣と言われているスコルとハティでさえも、勇者の前では取るに足らない存在らしい。

「だから、あのゴーレムは訓練がどうのと言っていたんだな」

そう呟いてバーニィが英傑の器に目を向ければ、英傑の器もまた、バーニィの方へ顔を向けていた。

気のせいか、バチッと目が合ったような気がする。

「いかん！」

パエオンが急に慌てたような声をあげるのと、英傑の器が全身に甲冑《かっちゅう》を着込んだ騎士のようにガションガションと足音を立てて近づいて来るのは、ほぼ同時だった。

「障害、ヲ、排除、シ、マシタ。訓練、ヲ、始メ、マス」

「……ん？」

「構えろ、バーニィ！」

パエオンの警告に、バーニィは反射的に両手剣を構えた。

「うおぉぉっ!?」

直後、真上から降ってきた斬撃を受け止めることはできたが、あまりにも重い一撃に膝を突くほどだった。

「昨日、ノ、自分、ヲ、超エ、マ、ショウ。明日、ノ、自分、ハ、今日、ヨリ、強、ク、アリマ、ショウ」

英傑の器は、あくまでも戦闘訓練用のゴーレムである。

一緒に魔獣と戦うような機能はなく、訓練の邪魔になるからとスコルを片付けただけに過ぎない。

つまり、訓練が終わらない限り、英傑の器は止まることがない。

「どっ、どうにかしてくれ！　さすがにこれ以上は、僕でも無理だぞ!?」

「ルミナ嬢、貴女が止めてくれ！」

「ふぇっ!?」

パエオンからの無茶振りに、ルミナの口から変な声が出た。

「わっ、私がですか!?」

「英傑の器は製造者権限で止められるはずだ！　グラナドの子孫なら、その製造者権限が使えるはずだろう!?」

「そんなこと言われても――」

ハッと気づけば、片手でバーニィを押さえ込んでいる英傑の器がルミナたちの方を見ていた。

「昨日、ノ、自分ヨリ強、ク、ナリマ、ショウ」

「へ……？」

バーニィに向けられていた矛先が、ルミナやパエオン、さらに傍観していたラヴィンやリリィにも向けられた。

「皆、サン、モ、一緒に、鍛エ、マ、ショウ」

「ぎゃあああああああっ！」

異口同音に絶望の悲鳴が上がる。

もはや見境なく訓練を施してくる英傑の器に、戦闘技能のないルミナはもとより、白銀の風切羽の面々までもが、満身創痍の身でありながら立ち向かうことになってしまったのだった……。

余話

ヘイラー・クラフトショップの一階受付カウンターで頬杖を突くルミナは、数分に一度の間隔でため息をついていた。

魔獣氾濫《スタンピード》の発生から一週間が過ぎた。奇跡的に、カナル村への被害は軽微に抑えられ、今では村にも平穏が戻ってきている。

ただ、平穏が戻ってきているのは村の話であって、ルミナ自身の平穏はあの日からずっと失われたままだった。

「……はぁ～……」

また、ため息がこぼれ落ちてしまった。

それもこれも、知らなくてもいい余計な話を聞いてしまった一週間前のことが原因だった。

＊　＊　＊

強制的な訓練を押しつけてきていた英傑の器を相手に、必死に耐え抜いた時間はどれほどだったただろうか。短かったような気もするし、長かったような気もする。

そんな英傑の器との訓練は、最終的にルミナの製造者権限で止めることができた。

最初は製造者権限がなんのことかわからなかったルミナだが、早い話、〝止まれ〟や〝待て〟〝終わり〟など、終了を告げる言葉を口にすればいいだけだったのだ。

考えてみれば、英傑の器を無限の宝物庫から取り出してから行動を止めるような言葉を、ルミナは口にしていなかった。

真っ先に試してみるべきことだったのに、人間、慌てていると簡単なことも思いつかないらしい。

「やっぱり、勇者の遺した道具は危険だわ……」

英傑の器を無限の宝物庫の中に戻しながら、ルミナは改めてその危険性を強く感じていた。

果たして、本当に無限《こ》の宝物《れ》庫をバーニィに渡していいものなのか。

バーニィは、確かに悪い人間ではない。勇者が遺した手紙にあるように、収められている数々の道具を、人々を守るために正しく使ってくれるだろう。

しかし、その後は？

バーニィが旅を終え、冒険者を辞めても無限の宝物庫は残る。

そうなった時、勇者が遺した道具がどのように扱われるのかを考えると、このままなかったことにするのが一番いいのかもしれない。

そんな風に考えてしまう。

「……あの、バーニィさん」

「ん？」

ルミナが迷いながらもバーニィに声をかけた、その時。

「殿下！」

そんな声とともに、バーニィたちの下へ騎士や魔道士たちが集まってきた。その統一された装いは、ただの冒険者ではない。

ルミナにも見覚えがある装束だ。

王国の、宮廷魔道士と宮廷騎士だ。

「……うわ……」

しかもその先頭には、ルミナも見知っている人物がいた。

「遅ればせながら、宮廷魔道師団長コルドバ・ギュスコーならびに魔道士十名、騎士三十名ここに現着いたしました」

見間違うはずもない。ルミナにクビを言い渡した元上司、宮廷魔道士を束ねる師団長のコルドバだった。

コルドバは、どういうわけかバーニィの前で片膝を突いて頭《こうべ》を垂れている。

「おい、騎士団長のレイルズはどうした？」

ラヴィンが無礼千万と断じられてもおかしくない態度で、コルドバにそんなことを聞いている。

相手は王家に仕える宮廷魔道士をまとめる師団長だ。一介の冒険者が取っていい態度ではない。下手をすれば不敬罪で処罰されかねないものだ。

「はっ！　レイルズ殿は、先に発生した大規模魔法攻撃で負傷した国民ならびに兵たちの救助で指揮を執っております」

「ああ、なるほど。一瞬、やられちまったのかと呆れそうになったぜ」

コルドバの話で納得の態度を見せるラヴィンだが、逆にルミナはますます首を傾げることになった。

あのコルドバが、無礼な態度の冒険者に対して怒るどころか丁寧な物腰を崩さずに受け答えしている。

「そういうことならば、こちらはもう問題ない。おまえも急ぎ戻り、負傷者の救助へ向かってくれ」

と、バーニィまでもがコルドバに対して目上の対応を取っている。

「……ん？」

そんなコルドバの態度に頭の中が疑問で埋め尽くされていると、向こうもルミナのことに気づいたようだ。

「おっ、おまえはルミナ・シンフォニアではないか!? こんなところで何をやっているのだ!」

「へ？ いやあの、私は――」

「いや、そんなことより！ おまえの横にいらっしゃるのは、オルタナ王国の第一王子、ベルナール・オルティニアス様であらせられるぞ!? 何をぼさっと突っ立っておるのだ！」

「……へ？」

自分の横に居る人と言われても、一番近くにいるのはバーニィだ。

もしかして、バーニィのことを言っているのだろうか。

彼はバーニィであってベルナール殿下ではない。

……いや、そもそもルミナは、ベルナール殿下の顔を見たことがなかった。

一般国民が王族のご尊顔を拝する機会は、あるにはある。

建国祭の折、国王並びに王族の方々が、宮殿で挨拶をする。その時なら一般国民も宮殿広場で王族の方々の姿を拝することができるのだ。

ただ、ベルナール殿下に関して言えば、確かここ十年ほどは、ずっと欠席していたように思う。

もっとも、ルミナは建国祭で祝日でも働いていたので、仮にベルナール殿下が出席していたとしても、顔を見ることなんてできなかっただろう。

「あの……バーニィさんは冒険者……ですよ、ね？」

「え？」

と、声を上げたのは当のバーニィではなく、ルミナの呟きが聞こえたらしいリリィだった。

「話してないの？」

何やってんの、と言わんばかりに訝《いぶか》しさを前面に出した言葉だった。

「と……いうこと……は……？」

まるで油の切れたブリキ人形のように、ぎこちない動きで改めてバーニィを見た。

するとバーニィは、「いや、別に隠すつもりは……ただ、話すタイミングがなかなかなくて……」などと言い訳しながら、居心地が悪そうに頭を掻いていた。

その態度こそ、バーニィがオルタナ王国の第一王子、ベルナール殿下であることの何よりの証拠とも言える。

「ごっ、ごっ、ごっ……」

つまりルミナは、オルタナ王国で最も高貴な血筋の人間を相手に、極めて馴《な》れ馴《な》れしく無礼な態度を取っていたことになる。

そんな真似は、国家の威信やら権威を考えると……とても許容されるべきものではない。

「ごめんなさぁ〜〜〜い！」

だからルミナは、全力で謝ってその場から逃げ出した。

＊　＊　＊

そうして家に逃げ帰ってきてから、今日で一週間になった。

今になって冷静に考えれば、走って逃げ帰るよりもその場で平身低頭して謝った方がまだマシだったのではないかと後悔している。

テンパってしまうと後先考えずに行動してしまう癖だけは、今後のためにも直していきたいと思う。

ただ、今日に至るまでバーニィたちは誰一人店まで来ていないようだ。

ようだ——というのは、ルミナも家の中にずっと引きこもっていたわけではないからだ。

カナル・ダンジョンで発生した魔獣氾濫は、冒険者たちや王国兵たちの活躍によって被害は最小限に抑えられた。

逆を言えば、最小限だが被害が出ている——ということだ。畑や街道、家屋の一部などがそれだ。

そんな公共施設の修復に、手に職を持つ村の職人たちもまとめて駆り出されることになった。役場で開業手続きをしているルミナも、当然のことながら協力を要請されたのだ。

協力要請といっても、もちろん無給の奉仕活動ではない。今回の魔獣氾濫で退治された魔獣の素材を、優先的に支給してもらえる恩恵もある。

冒険者からの素材持ち込みに頼っているヘイラー・クラフトショップとしては、魔獣素材がもらえることはとても有り難い。

それに、そんな復旧作業中に聞いた話だが、今回王都から駆けつけた騎士団と魔道士団には三元帥と、王家の指南役も加わっていたらしい。

ルミナも〝元帥〟の肩書きを持つ者が、どういう立場の人間かは知っている。

国王に次ぐ地位の者であり、王国軍すべてに対する行動決定権を持ち、智と技を併せ持つ真の忠臣のことだ。

そんな称号を持つ者は、この国には三人しかいない。

宮廷魔道士団の師団長を務め終えた者。

宮廷騎士団の団長を務め終えた者。

そして、国王の実子である者——つまり、王子や王女といった立場の者だ。国王には息子であるベルナール殿下以外の子はいないらしいので、そうなると誰がどの立場かおのずと見えてくる。

宮廷魔道士団の師団長を経て元帥になったのがリリィで、宮廷騎士団の師団長を務め終えて元帥になったのがラヴィンだろう。

そして、王家の指南役というのが、かつての勇者パーティの一員だったパエオンのことのようだ。

つまり、ルミナがこれまで普通のお客として接していた相手は、揃いも揃ってオルタナ王国の重鎮ばかりだったということになる。

思い返せば、バーニィたち〝白銀の風切羽《かぜきりば》〟は、一般的な冒険者よりもダンジョンそのものに対する脅威を抑えようとしていた。

そんな献身的な冒険者がいるのかと驚いていたが、なんのことはない、ベルナール殿下が率いていたからだ。

国の脅威になるのなら、調査や対策を優先させて動くのも当然のことだ。

「はぁ～……」

これからどうなるのか、どうするのが一番いいのか、正しい答えがまったく見えてこない。そんなことだから、ため息が何度もこぼれ落ちてしまう。

カラン……と、店の入り口に取り付けてあるドアベルの音で、ルミナはハッと我に返った。

「あ、い、いらっしゃ――」

「や、やあ……」

入ってきた人物の姿を見て、ルミナはガタガタッと激しく音を立てて椅子から立ち上がった。

誰あろう、バーニィ――いや、ベルナール殿下と呼ぶべきか、ルミナを悩ませている人物が、物凄く居心地の悪そうな顔をして現れた。

「あ、あの、えっと……い、いらっしゃい……ませ……」

何をどう言えばいいのかわからず、なんとか捻り出したのがぎこちない接客の言葉というのが、如何《いか》にもルミナらしい。

「ま、待ってくれ。ルミナさんにそんな態度を取らせるために来たわけじゃないんだ。むしろ、僕の方こそ謝るべきだと……」

「そんな！　殿下が謝罪なさることなど何も――」

「……それなんだよ」

「はい……？」

「僕は今、オルタナ王国の第一王子ベルナール・オルティニアスではなく、一介の冒険者バーニィ・オルトとしてここにいるんだ。だから、そういう風に扱って欲しいなと……」

バーニィはそう言うが、それはいくらなんでも難しい話だ。

知らない頃ならまだしも、知ってしまった以上、記憶を消すことはできない。

王国民にとって、王家の人間は雲の上の存在だ。恐れ多くて、気さくな態度で話すことなどできるわけもない——が、バーニィの言いたいことも理解できないわけではない。

オルタナ王国の民にとって、王家の人間は敬うべき対象である以上、身分を隠さずに市井に紛れて冒険者を続けるのは難しい。

「……あの、一つお伺いしてもよろしいですか?」

「どうぞ」

「何故、身分を隠されてまで冒険者を……?」

「前にも話したけれど、ダンジョンは魔王の欠片が核となって誕生する。ダンジョンがもたらす利益は大きいけれど、一歩間違えれば今回の魔獣氾濫のような危険も孕んでいるんだ。その危険を少しでも減らすためだよ」

「あの……それは殿下御自《おんみずか》ら為《な》さねばならないことなんでしょうか……?」

「王家の人間たる者、民の安寧を守るために一つでも何かを成し遂げよ——というのが、我が家の家訓でね。王位に就く前に、何か一つは民のために行動することが義務づけられているんだよ。ある種、王位継承の儀みたいなものさ」

「なるほど……」

「――というのは建前で……」

「え？」

「僕自身、冒険者という生業を気に入ってるんだ。危険なことも多いけれど、一仕事を終えたあと、ギルドや酒場で同業者と労い合う時間は何ものにも代えがたい。その時間を、今はまだ失いたくはないかな」

照れくさそうに笑うバーニィを見て、ルミナは「ああ、なるほど」と納得した。

今は冒険者のようなことをしているバーニィだが、いずれはこの国の王位を継ぐことになる。

そして、いずれ王となったバーニィが、守らなければならない国民と忖度《そんたく》なく交流できる時間は今だけなのだ。

地位や身分に関係なく、誰のために何のために行動するのか、それを考える時間をバーニィは大切にしている。

ならばこそ、その思いや願いを尊重するのが、オルタナ王国の民として、一人の人間として正しい選択なのかもしれない。

「……私、これまで一度もベルナール殿下のご尊顔を拝したことがないんです」

「え？」

「万が一、殿下がこんな辺鄙《へんぴ》な村にいらっしゃっても、本当にご本人なのかわかりません。知っているのは……私が村に戻ってくる時に助けていただいた、冒険者のバーニィさんだけです」

「……そうか。王家の人間ともあろう者が、民に顔も覚えてもらえてないっていうのは情けない話だな」

「そ、それは……私が単に、世間の常識に疎いだけですから！」

「……ふっ、はははははっ！　自分で言うのかい？　そんなこと！」

「だっ、だって……もぉっ！」

頬を膨らませるルミナだが、すぐに吹き出してバーニィと一緒に笑い合った。久しぶりに、心の底から笑えた時間だった。

「それで……なんですけど」

二人でひとしきり笑い合ったあと、ルミナは表情を引き締めてバーニィに一通の手紙を手渡した。

「これは……？」

「勇者アルヴァ直筆の手紙です。無限の宝物庫の中に収められていました」

「勇者の……！」

さすがのバーニィでも、勇者が遺した直筆の手紙となれば緊張するらしい。震える手で手紙を広げ、その内容に目を通した。

「……その手紙を読んで、正直に言えば悩みました。新たに作り出した無限の宝物庫を、なかったことにして処分すべきではないか……と」

手紙を読み進めているバーニィに、ルミナは正直な気持ちを打ち明けた。

「この内容は……なるほど、確かに君がそう考えるのも理解できるよ。勇者と、その勇者のために道具を作り続けた偉大な職人の強い思いが込められている。おいそれと使っていいものじゃないね」

「ええ。ですので……」

「わかった。無限の宝物庫は諦め――」

「いえ」

ルミナは首を横に振り、バーニィの前に無限の宝物庫を差し出した。

「ダンジョンの脅威を取り除こうと奮闘されている冒険者のバーニィさんにこそ、勇者の遺した品々をお任せすべきだと、今、決めました」

「冒険者のバーニィに……か」

バーニィは、ルミナの言葉を噛みしめるように独りごち、そっと無限の宝物庫を手に取った。

「約束しよう。無限の宝物庫に収められている品々は、人々の安寧を揺るがす事態でも起きない限り、使うことはないと。そして、その管理は僕がもっとも信頼する番人に一任することにするよ」

「番人？」

「パエオンだよ。彼はエルフだからね、これからの長い時間——もしかすると、オルタナ王国が滅んだ後もピンピンしてるだろうし、何より勇者とともに魔王を討ち果たした英雄だ。勇者の想いも、君の先祖の願いも、理解しているはずさ」

「あー……そっか。パエオンさんにお任せするのが一番かもしれませんね」

考えてみれば、パエオン以上の適任者なんていないかもしれない。そうしてくれるのなら、バーニィが言うように、これ以上ない番人になってくれるだろう。

「それじゃ、ルミナさん。今回は本当にありがとう。君がいなければ無限の宝物庫は完成しなかったし、ひいては魔獣氾濫も食い止めることはできなかった。君こそが、この村の本当の救世主だ」

「それはさすがに……私はただ、ご依頼いただいた道具を作っただけですから」

「……なるほど、勇者が君の先祖に対してどんな気持ちを抱いていたか、今ちょっとだけ理解できた気がするよ」

「ん？　どういうことです？」

「いや、別に。それじゃ、今日はこれで。招集した兵たちを労わなくちゃいけなくて。時間ができたら、また来るよ」

「いやあの、何か道具が必要な時に来てくださればいいので」

「必要な道具がなければ、来ちゃいけないかい？」

「え？」

それは一体どういう意味なのだろうとルミナは考えて、なんだか自分にとって都合のいい解釈をしそうになった。

「冷やかしなら、来ていただかなくて結構です」

「いや、そうじゃなくて。無限の宝物庫を製作してくれた代金の支払いだよ。後日改めて支払いに来るから」

「あ……」

そうだった。バーニィが言ってくれなければタダ働きになるところだった。すっかり代金のことを忘れていた。

だからこそ、変な考えを抱いてしまったことが気恥ずかしい。

「だっ、代金のことは、あとで冒険者ギルド経由でお知らせします！」

「わっ！　ちょっ!?」

このまま顔を見られていては何を考えていたのか見透かされそうな気がして、ルミナはバーニィの背中をグイグイ押して店の外に追いやった。

「今後とも、ヘイラー・クラフトショップをよろしくお願いします！」

早口でまくし立て、ルミナは気恥ずかしさも相まって勢い任せにドアを閉めた。

その後、お腹が痛くなるほど後悔したのは言うまでもない。

―――本書のプロフィール―――

本書は書き下ろしです。

小学館文庫

クビになった宮廷《きゅうてい》魔《ま》道《どう》士《し》は、独立《どくりつ》起《き》業《ぎょう》で幸《しあわ》せになります！

著者　氷川一歩《ひかわあゆむ》

二〇二四年十一月十一日　初版第一刷発行

発行人　庄野　樹
発行所　株式会社　小学館
〒一〇一-八〇〇一
東京都千代田区一ツ橋二-三-一
電話　編集〇三-三二三〇-五六一六
　　　販売〇三-五二八一-三五五五
印刷所-TOPPANクロレ株式会社

この文庫の詳しい内容はインターネットで24時間ご覧になれます。
小学館公式ホームページ　https://www.shogakukan.co.jp

ISBN978-4-09-407409-3